Georgi Demidow

Fone
Kwas
oder Der
Idiot

Georgi Demidow

Fone
Kwas
oder Der
Idiot

Aus dem Russischen
von Irina Rastorgueva
und Thomas Martin

Galiani Berlin

Fone Kwas *oder* Der Idiot

Eine Geschichte aus dem Großen Terror

Sie wurden in den Neunzigern geboren,
und verschwanden in einem –
im siebenunddreißiger Jahr.

Pawel Antokolski

Die Märznacht in der großen südlichen Stadt war, wie sie im Vorfrühling sein sollte. Durcheinander klirrten und prasselten Tropfen von den Fensterbrettern und Dächern. Hart und heftig wehte der warme, feuchte Wind und trug aus dem nicht weit entfernten Park den Duft von geschwollenen Knospen und nassen Ästen heran.

Der Mann mit dem Bündel in der Hand, der in Begleitung zweier finster blickender Männer auf das wartende Auto zusteuerte, bekam von alldem nichts mit. Er ging ungleichmäßig und nervös, geriet mit seinen Stiefeln in die tiefen Pfützen unter seinen Sohlen und stolperte über schmelzende Schneehügel. Als er in den schäbigen Emka[1] kletterte, bemerkte er nicht einmal, dass er sich den Kopf an der Oberkante der Kabine stieß und seine Schirmmütze in einen schlammigen Bach am Straßenrand fiel. Die Mütze wurde von einem der Wachmänner aufgehoben, der die Wagentür vor seinem Schützling öffnete und ihn einsteigen ließ. Der andere setzte sich neben den Fahrer, und der Wagen fuhr los, das Schmelzwasser verspritzend.

Von allen Fenstern des großen Wohnblocks, die hinter ihnen zurückfielen, waren nur die zwei im dritten Stock beleuchtet. Der Mann lehnte sich an das trübe Fensterchen hinter dem Sitz und starrte so konzentriert in die weglaufenden hellen Rechtecke, als ob er versuchte, etwas in ihnen zu sehen.

– Sitzen Sie grade! – sagte sein Nachbar in befehlendem Ton.

* * *

Der vom Anruf im Vorzimmer geweckte Rafail Lwowitsch begann eben ein Gespräch mit dem diensthabenden Dispatcher des Hauptstromverteilzentrums. Der Dispatcher bat um dringende Anweisungen im Zusammenhang mit dem Unfall. Kaum hatte Rafail Lwowitsch seine Erklärung beendet, läutete es erneut, diesmal über der Tür. Im Gegensatz zum Telefon war derartiges Klingeln in der Wohnung der Belokrinitskijs sehr selten.

– Wer ist da? – antwortete der Hausherr beinahe automatisch und vergaß, den Hörer beiseitezulegen.

– Dispatcher Tschischow, antwortete der Hörer überrascht, und die Stimme der Haumeisterin tönte hinter der Tür:

– Machen Sie auf, Rafail Lwowitsch, da ist was für Sie!

Belokrinitskij öffnete beunruhigt die Tür. Davor standen neben der Hausmeisterin zwei Fremde in Zivil.

– Sind Sie Belokrinitskij? Zeigen Sie Ihren Pass! – Die ungebetenen Gäste waren bereits im Vorzimmer und schlossen die Tür hinter sich, während Tante Dascha mit einem erschrockenen und mitleidigen Ausdruck auf ihrem gutmütigen Gesicht auf dem Treppenabsatz zurückblieb.

Einer der Eintretenden öffnete eine große, abgenutzte Aktentasche, und Rafail Lwowitsch wandte seinen Blick verwirrt von der Aktentasche zu den Knopflöchern der Militäruniform, die unter dem zivilen Mantel des unerwarteten Besuchers hervorlugte. Er hatte schon erkannt, dass es sich um diejenigen handelte, deren nächtliche Arbeit sich am Morgen durch leere Arbeitsplätze, verschlossene Büros und das verängstigte Flüstern von Kollegen offenbarte, die sich mit äußerster Vorsicht »Abgeholt ...« ins Ohr flüsterten.

Er hatte jedoch Angst, diese Erkenntnis zuzugeben, sogar vor sich selbst. Der vergessene Hörer zischte, vom anderen Ende der Leitung rief es verwirrt: »Hallo, hallo! Genosse Chefingenieur!«

– Beenden Sie Ihr Gespräch, sagte der Mann mit der Aktentasche. – Beeilen Sie sich einfach und reden Sie nicht!

Er hielt den Hörer an Rafail Lwowitschs Ohr und ließ ihn nicht aus der Hand. Der ungebetene Gast schien keinen Zweifel an seinem Recht zu haben, zu tun, was er tun wollte. Übrigens hatte auch der Hausherr daran keine Zweifel. Kaum dass er in den Hörer quetschen konnte:

– Lassen wir dieses Gespräch ... bis morgen ...

– Was ist passiert, Genosse ...? – Die Membrane klickte trocken und verstummte.

Der Mann in der NKWD²-Uniform unter dem zivilen

Mantel zog den Stecker des Telefonkabels aus der Dose und legte den Hörer in die Gabel.

– Lesen Sie! – Er hielt Belokrinitskij ein kleines Formular hin: »Haftbefehl« ...

Rafail Lwowitsch las mit dumpfem Fleiß die grauen, mit der Schreibmaschine getippten Zeilen auf einem grauen Blatt Papier. Darunter standen sein Name, Vorname und Vatersname in violetter Tinte geschrieben. Unten, nach dem dicker gedruckten »Staatsanwalt«, ein unscheinbares Schnörkelchen. Es war jedoch schwer zu entziffern. Einige Artikel aus dem Gesetzbuch, die mit unverständlichen Buchstaben und Zahlen versehen waren, sprangen ihm vor Augen, schwammen irgendwohin, wechselten den Platz und verhedderten sich in unverständlicher Zierschrift. Wieder und wieder versuchte er, einen sinnvollen Satz daraus zu machen. Der nächtliche Besucher übergab Belokrinitskij ein weiteres Formular – einen Durchsuchungsbefehl. Auch auf diesem Papier hüpften Wörter, Zahlen und Buchstaben herum, und auch der dicke Staatsanwalt tanzte mit seinem Schnörkelchen.

– Sie sind verhaftet, hörte Rafail Lwowitsch die Stimme des NKWD-Mannes. Die Stimme klang jedoch gedämpft, als käme sie durch eine dicke Schicht aus Filz oder Watte. – Besitzen Sie eine Waffe?

Die Watte verhinderte nicht nur das Hören. Unter den Schädel gestopft, verhinderte sie das Verstehen selbst der einfachsten Fragen, als ob sie in einer fremden Sprache gestellt würden.

– Ich frage: Haben Sie irgendwelche Waffen? – Der NKWDler schrie bereits.

– Welche Waffen? Wonach fragen Sie? – In der Haube, mit hochgekämmtem Haar, erschien Lena in der Schlafzimmertür, die Papiere ihres Mannes in der Hand. – Hier, nehmen Sie …, sie sah den Flegel mit verächtlicher Verwunderung an, wie jemanden, der in einer Apotheke nach einer Balalaika fragt.

– Wir werden die Wohnung durchsuchen … – stieß der hervor und nahm die Dokumente an sich, – und Sie –, wandte er sich an Belokrinitskij, – ziehen sich an, Sie kommen mit uns!

Rafail Lwowitsch hatte das Gefühl, dass auch seine Beine zu Watte geworden waren, und sank kraftlos auf einen Stuhl.

– Beruhige dich, Rafail, sagte Lena, trat dicht an ihren Mann, drückte seinen Kopf mit einer Hand an sich und strich ihm mit der anderen wie einem kleinen Kind übers Haar. – Du bist doch an nichts schuldig, stimmts? Dann haben wir nichts zu befürchten …

Es war der einfachste und ganz natürliche Gedanke. Aber aus irgendeinem Grund kam er dem Festgenommenen selbst nicht in den Sinn. Es dauerte länger als eine Sekunde, bis der Gedanke die Watte, die sein Gehirn umhüllte, durchbrach. Tatsächlich sollte eine Verhaftung ja für diejenigen furchtbar sein, die irgendeine Art von Schuld auf sich geladen hatten. Aber Ingenieur Belokrinitskij hatte nichts getan, das Grund für eine berechtigte Verhaftung hätte geben können. Lena hatte also recht – alles, was jetzt geschieht, ist das Ergebnis eines Fehlers, eines klaren Missverständnisses …

– Natürlich ist das ein Missverständnis, Rafa, – hörte

er die tröstende, beruhigende Stimme seiner Frau. – Alles wird sich sehr bald aufklären, und du wirst freigelassen. Das NKWD irrt sich nie, das weißt du …

Wie immer gingen von Lena Ruhe und Zurückhaltung aus. Sie lagen in der Wärme, im Duft ihres kräftigen Körpers, dem Klang ihrer tiefen Stimme, dem festen Blick ihrer grauen Augen. Nur ihre Hände, klein, aber stark, schienen ungewöhnlich kalt zu sein.

Ja, ja … Er hatte oft von der erstaunlichen Unfehlbarkeit der Handlungen des NKWD-Apparats gehört. Nicht nur auf Kundgebungen sprachen viele mit echter Begeisterung darüber.

Ohnmacht und Dumpfheit des mit Watte gefüllten Beutels verflogen. Die Fähigkeit, sich zu beherrschen und logisch zu denken, kehrte allmählich zurück. Lena hatte es immer geschafft, ihren Mann aufzumuntern und ihm Hoffnung zu geben, selbst in schwierigen Momenten, in denen er sich verloren fühlte und der Verzweiflung nahe war. Rafail Lwowitsch bewunderte die Fähigkeit seiner Frau, noch in den schwierigsten Situationen einen klaren Kopf zu bewahren, und beneidete sie ein wenig in jener Art von Neid, mit der man sich über die Vorzüge eines anderen Menschen freut und bedauert, dass man selbst nicht über diese Vorzüge verfügt. Belokrinitskij liebte nicht nur seine Frau, er war auch stolz auf sie.

Ihr Verhalten ihm gegenüber war sehr mütterlich, obwohl sie gleich alt waren. Und das nicht nur, weil eine Frau immer älter ist als ein gleichaltriger Mann. Die Belokrinitskijs hatten keine Kinder, und so ging der unverbrauchte Vorrat an mütterlichen Gefühlen an Rafail. Das lag auch daran, dass Lena in ihrer Willenskraft sehr viel stärker war als ihr Mann.

Auf rein weibliche Weise hatte sie seinen Intellekt und sein wirklich bemerkenswertes Talent als Ingenieur in den Rang der Genialität erhoben und kümmerte sich um ihren Rafa wie um ein großes Kind, sie nahm ihm alles ab, was seinen Fähigkeiten ihrer Meinung nach nicht würdig war.

Sie ergänzten sich auf eine seltene und glückliche Weise und idealisierten sich gegenseitig ein wenig. Deshalb war die Beziehung zwischen Mann und Frau auch nach drei Jahren Ehe noch so frisch wie am Anfang. Die Zeit hatte diese Beziehung nur ruhiger, aber noch beständiger gemacht.

Nun war die Not zu ihnen gekommen. Fremde, unfreundliche Menschen kommandierten im Haus. Und wie so oft in solchen Fällen waren Berührung, Blick und die kurzen Worte liebender Menschen mit dem ausgefüllt, wofür normalerweise nicht einmal Stunden ausgereicht hätten, es auszudrücken. Aber ebenso oft kommt es in solchen Fällen vor, dass zwei Menschen einen unbewussten Egoismus gegenüber Dritten an den Tag legen und sogar ihre Existenz vergessen. Das Ehepaar Belokrinitskij war nun einem solchen Egoismus verfallen.

Die Mutter von Rafail Lwowitsch schob sich aus ihrem Zimmer und blickte, zitternd vor Altersschwäche und Aufregung, ängstlich zu den NKWDlern, die das Arbeitszimmer ihres Sohnes besetzt hatten, dann zu ihm, der sich an seine Frau schmiegte. In ihrem langen Leben hatte die alte Frau Pogrome und Durchsuchungen erlebt und die Entfernung der Liebsten aus dem Haus. Sie verstand selbst jetzt, warum diese Fremden hierhergekommen waren.

Als Rafail Lwowitsch und Lena sie nach einigem Zögern schuldbewusst auf einen Stuhl setzten, schaute die Mutter ihren Sohn mit einem flehenden Blick an, als ob es von ihm abhinge, ob er bleiben oder gehen sollte. Und sie strich ihm mit ihrer welken Hand immer wieder über den Ärmel oberhalb des Ellenbogens. »Mein Söhnchen! Wo bringen sie dich hin, warum? Söhnchen ...«

– Anziehn, hab ich gesagt!

Das wurde vom ranghöheren NKWD-Mann hinter Rafail Lwowitschs Schreibtisch gerufen. Er zog eine Schublade nach der anderen heraus und wühlte hastig darin herum, wie in einer Kommode, in der man in der Eile ein frisches Hemd sucht. Sein Assistent, der am Bücherregal stand, nahm ein Buch nach dem anderen aus dem Regal, schüttelte es auf und warf es auf den Boden. Es sah eher nach einem Pogrom aus als nach einer Durchsuchung, die offensichtlich ohne die Hoffnung durchgeführt wurde, etwas von wirklichem Wert zu finden. Einige Dinge wurden jedoch von den Durchsuchern beiseitegelegt. Es gab viele Bücher und Papiere, und das Durchschütteln war noch im Gang, als Rafail Lwowitsch, nachdem er seinen Bademantel gegen die übliche Kleidung getauscht hatte, sich wieder neben den Stuhl seiner Mutter stellte. Wieder schaute sie ihn mit flehenden Augen an und strich ihm mit ruckartigen Bewegungen ihrer zitternden Hand über den Ärmel.

Das Häuflein der beiseitegelegten Papiere wuchs weiter. Es enthielt alte Briefe, darunter die sorgfältig aufbewahrten Briefe von Lena, als sie noch nicht Rafail Lwowitschs Frau war, seine Notizbücher, Notizblöcke. Auf demselben Häuflein landete auch das Ingenieursdiplom von Belokrinitskij.

Die Fülle der Papiere ärgerte den leitenden NKWD-Mann sichtlich. Nur einmal schien sein grimmiges Gesicht sich zu erhellen. Unter der Platte des Schreibtischs zog er ein kleines Stück Pappe hervor, das offensichtlich von seinem Besitzer dort versteckt worden war. Rafail Lwowitsch erinnerte sich, was es war, und ihm wurde kalt. Die erste Verblüffung war bereits verflogen, Belokrinitskij bemerkte nun sogar die Details des Verhaltens derer, die gewohnheitsmäßig in den Sachen anderer Leute herumstöbern. Hier zum Beispiel, als sein Chef es nicht sieht, wirft der zweite NKWD-Mann die Bücher auf den Boden, ohne sie überhaupt zu schütteln. Und dieser, trotz der offensichtlichen Eile, betrachtet grinsend das gefundene Foto, den einzigen Gegenstand im Haus, den Rafail Lwowitsch vor seiner Frau und Mutter geheim gehalten hatte. Es war das Werbefoto eines Berliner Café-Chantant aus den Zwanzigerjahren, damals aus Deutschland mitgebracht und Belokrinitskij von einem Freund geschenkt. Die Fotografie zeigte die Damenblaskapelle eines fröhlichen Nachtclubs. Auf einer niedrigen Bühne saß eine Gruppe von stämmigen, völlig nackten deutschen Frauen mit glänzenden Instrumenten. Was, wenn der Suchende eine Frage zu dem brisanten Foto stellt oder die Karte umdreht? Lena aber war nicht im Zimmer, sie machte ihrem Mann Brote in der Küche, nur die Mutter war geblieben. Es würde nicht einfacher, wenn der Beamte das Bild auf den Boden werfen oder es auf dem Tisch liegen lassen ...

Doch der, wieder grinsend, schob das Fundstück unter die ausgewählten Papiere. Das Foto wollte er wahrscheinlich nur für sich behalten. Rafail Lwowitsch unterdrückte einen Seufzer der Erleichterung.

Endlich war mit Tisch und Schränken Schluss. Der NKWDler schlug die Laken vom Bett im Schlafzimmer zurück, sah in das Zimmer der alten Frau, wühlte aber nirgendwo sonst herum. Dann warf er einen prüfenden Blick auf den Anzug von Belokrinitskij und befahl:

– Legen Sie alles, was Sie in Ihren Taschen haben, auf den Tisch!

Rafail Lwowitsch zog das Portemonnaie mit dem Taschengeld, einen Stift und ein Notizbuch heraus. Der NKWDler warf das Notizbuch auf denselben Stapel und gab das Geld zurück – es waren nur ein paar Rubel: »Dort abgeben!« Er befahl, die Uhr abzunehmen und sie zusammen mit dem Stift beiseitezulegen. »Wird dort nicht gebraucht!« Noch einmal starrte er den Festgenommenen streng an:

– Gibt es sonst nichts? Sie werden sowieso dort durchsucht!

Lena brachte ein kleines Bündel – aus irgendeinem Grund war es nicht erlaubt, einen Koffer mitzunehmen – und den alten Herbstmantel ihres Mannes. Der zweite NKWDler, der bereits alle Bücher im Haus auf den Boden geworfen hatte, knüllte das Bündel in seinen Händen und tastete die Taschen des Mantels ab:

– Weiter haben Sie nichts? Es wird Ihnen dort sowieso abgenommen! – warnte er.

In Mantel und Schirmmütze, mit dem Bündel in den Händen, stand Rafail Lwowitsch bereits im Vorzimmer. Der NKWD-Junior ging voran und legte die Hand auf die Klinke. Der Oberste stopfte die Papiere in seine abgegriffene Aktentasche und befahl: »Rausbringen!« Lena umarmte ihren Mann und blieb dabei äußerlich so ruhig, als würde sie ihn auf eine gewöhnliche Dienstreise verabschieden.

– Geh, Rafail, wir sehn uns bald wieder! – doch ihre Hände und Lippen waren noch kälter und schienen härter geworden.

Die Mutter kam mit kleinen, unsicheren Schritten heran, blickte aufmerksam, fast ohne zu blinzeln, in das Gesicht ihres Sohnes und legte dann plötzlich mit einer schnellen, klammernden Bewegung ihre Arme um seinen Hals. Ihr Kopf mit den spärlichen grauen Zotteln zitterte, ebenso wie ihr hagerer, fast schwereloser Körper.

– Ich komme wieder, Mama, bald wieder! – Aber die Mutter zitterte noch, und es war quälend schwer, den Kloß im Hals und die zitternden Lippen zurückzuhalten.

– Gehen Sie! – wiederholte der ranghöhere NKWDler in rauem, gebieterischem Ton.

Lena zerrte ihre Schwiegermutter weg, sie hing beinah in ihren starken Armen. Der Junior öffnete die Haustür und schlug sie vom Treppenhaus aus zu, als sein Chef und der Festgenommene hinuntergingen. Das Geräusch der sich schließenden Tür war vermutlich das übliche. Aber Rafail Lwowitsch glaubte, darin das Geräusch einer

Axt zu hören, die das Leben der kleinen Familie Belokrinitskij in das zerschnitt, was vor dieser Nacht gewesen
war, und in eine unbestimmte Zukunft, die unerklärliche
Angst einflößte. Die ruhige, mutige Frau war nicht mehr
in seiner Nähe, und Verwirrung und Orientierungslosig-
keit überwältigten ihn erneut.

* * *

Der Emka bog in eine Straße ein, die die Alteingesessenen der Stadt nach Vorvätersitte Dworjanskaja nannten.
Die Straße war weder breit noch gerade, aber sie war sehr
gemütlich. Die dicht gepflanzten Bäume auf beiden Seiten liefen oben mit ihren Kronen zusammen und bilde-
ten eine Art grünen Tunnel. Die meisten der alten Her-
renhäuser standen in der Tiefe kleiner Gärten, die durch
Eisengitter von der Straße getrennt waren.

Bis Anfang der Dreißigerjahre hatte sich das Gebäude
der Gendarmerieabteilung in der ehemaligen Dwor-
janskaja-Straße befunden. Vor der Revolution hatte es
der russischen Autokratie mit seinen zwei Stockwerken
komplizierter kaufmännischer Architektur und einem
ebenso komplizierten Ecktürmchen treu gedient. Während des Bürgerkriegs beherbergte es die Außerordent-
liche Kommission und die Spionageabwehr, und am
Fahnenmast des Turms blinkten entweder rote oder ge-
streifte Fahnen.

Als die rote Fahne sich schließlich durchgesetzt hatte,
kehrte im Haus relative Ruhe ein. Die OGPU[3], die die
WeTscheKa abgelöst hatte, hatte genügend Platz von der

Gendarmerie geerbt. Doch schon zu Beginn des ersten Fünfjahrplans reichte dieser Platz eindeutig nicht mehr aus, trotz des kleinen Anbaus an das alte Gebäude und der extrem dichten Unterbringung des wachsenden Apparats von Strafbehörden.

Das Nest der GPUler aus dem ersten Jahrzehnt der Sowjetmacht wurde zusammen mit einer Reihe von gemütlichen Wohnhäusern abgerissen. Ein neues sechsstöckiges NKWD-Gebäude nahm einen ganzen Block ein. Im Inneren des umschlossenen Rechtecks befand sich ein großer Hof. Doch niemand hatte jemals einen Blick in diesen Hof werfen können. Ein Wachposten am Eisentor verwies jeden, der auch nur einen Moment vor dem geheimnisvollen Haus auf dem Bürgersteig zögerte, auf die gegenüberliegende Seite. Auf der Seite der Gasse, auf der das NKWD-Haus stand, durfte niemand gehen.

Trotz der dritten Nachtstunde erstrahlte der Palast der Regionaldirektion des Volkskommissariats für innere Angelegenheiten mit allen Fenstern. Ein Fremder in der Stadt hätte ihn für eine Fabrik halten können, die während der Nachtschicht auf Hochtouren läuft; aus der Nähe war ein solcher Irrtum jedoch ausgeschlossen. Und das nicht nur, weil ein Industriegebäude weder solch imposante Portale noch bronzene NKWD-Embleme an seinen massiven Türen noch Wachen mit Gewehren und aufgepflanzten Bajonetten haben konnte. Das Haus, das von innen hell erleuchtet war, schien vollkommen still zu sein. Es war eine Fabrik der ganz anderen Art.

Der Emka hupte kurz vor den fest verschlossenen Toren. Sie öffneten sich sofort, und der Wagen fuhr in den beleuchteten kurzen Tunnel. Die beiden bewaffneten Wachmänner verlangten ebenso wie der Wachposten draußen keine Dokumente. Mit einem Blick in die Gesichter von Belokrinitskijs Begleitern öffneten sie die Tore zum Innenhof.

Die gegenüberliegende Mauer des Hofes erwies sich als unerwartet nah. Nachdem der Wagen gewendet hatte, hielt er vor dem Eingang. Die NKWDler stiegen aus, und der Älteste sagte plötzlich grob zu dem Verhafteten:

– Raus mit dir!

Rafail Lwowitsch zuckte zusammen. Dieser schroffe Typ hatte über eine Stunde lang befohlen, harsche Bemerkungen gemacht und kommandiert. Aber er hatte ihn immer noch mit »Sie« angesprochen. Jetzt kam er plötzlich auf das »du«. Das war schmerzhaft und beleidigend wie ein Peitschenschlag. Es war unmöglich, eine solche Behandlung durch einen zufälligen Versprecher oder durch irgendeinen Grund seitens des Häftlings zu erklären. Wahrscheinlicher ist, dass sie auf dieser Seite des Eisentors nach den hier geltenden Vorschriften erlaubt oder sogar vorgeschrieben ist. Belokrinitskij spürte, wie sein inneres Unbehagen in Erwartung von etwas noch Beleidigenderem und Feindseligerem sofort stärker wurde.

Der Hof war nicht so breit, wie es die äußere Form und Größe des Gebäudes vermuten ließen. Drei seiner Wände hatten Fenster, die genauso hell erleuchtet waren wie die Fenster zur Straße, und sie waren ebenso in sechs Reihen angeordnet. Doch die vierte Wand – gegenüber der Einfahrt – hatte nur fünf Stockwerke, die dazu noch niedriger waren als die im übrigen Teil des Gebäudes. Im Licht der Fenster und hellen Laternen im Hof wurde deutlich, dass diese Mauer nicht wie die anderen aus Ziegeln gemauert, sondern aus Beton gegossen war. Ihre vertikale, graue Fläche war von oben bis unten vollkommen glatt, ohne den geringsten Vorsprung oder die geringste Ausbuchtung.

In jeder der fünf Reihen von Fenstern an der Betonwand waren nur ein oder zwei schwach beleuchtet. Sie waren klein, quadratisch und von dicken Gittern umgeben, genau wie die auf dem MOPR-Plakat[4] »Vergesst uns nicht!« Die anderen Fenster waren nicht zu sehen; sie waren mit Eisenplatten abgedeckt. Diese Platten waren leicht schräg gegen jedes Fenster gestellt und an den Kanten gegen die Wand gebogen, so dass auch die seitlichen Lücken abgedeckt waren. Das Eisen war unlackiert und verrostet, und von den seltsamen Fensterläden liefen rostige Schlieren die Wand herunter. Dadurch sah es noch düsterer und einschüchternder aus. Belokrinitskij konnte seinen erschrockenen Blick nicht von der finsteren Wand abwenden. Deshalb also ist der Hof so schmal! Er wird von einem riesigen fünfstöckigen Gefängnis begrenzt, von dessen Existenz die Bewohner der Stadt beim Anblick der pompösen Fassade der NKWD-Abteilung nicht einmal etwas ahnen.

– Nicht glotzen! – rief der ranghöhere NKWDler, und sein Assistent rannte vor und öffnete irgendeine Tür. Offenbar war es seine regelmäßige Aufgabe, Türen zu öffnen und zu schließen.

– Vorwärts marsch! – Es wurde deutlich, dass hier nicht mit den Gefangenen gesprochen wurde, sondern dass man sie nur kommandierte. Und zwar aufs Gröbste, im Brüllton, fast wie bei Tieren.

Rafail Lwowitsch trat durch irgendeine Tür und stieg einige Stufen hinauf. Eine weitere Tür, und er befand sich in einem schmalen und langen, schlecht beleuchteten Korridor.

– Stillgestanden! – Der Festgenommene war nicht im Militärdienst gewesen, aber es war nicht schwer zu erraten, dass der Ruf den Befehl zum Anhalten bedeutete.

Der Ältere, der Belokrinitskij verhaftet hatte, hielt seinem Assistenten seine Armbanduhr vors Gesicht und sagte etwas, während er gereizt auf das Zifferblatt tippte. Sofort rannte der andere irgendwo hin. Rafail Lwowitsch verstand nur, dass es um irgendeine »Operation« ging, zweifellos um die Verhaftung von noch jemand anderem.

Auf beiden Seiten des Korridors befanden sich schmale einflügelige Türen mit deutlich lesbaren Nummern in weißen Kreisen. Im ersten Moment dachte Rafail Lwowitsch, es sei ein Gefängnis. Aber sofort erinnerte er sich daran, dass Gefängnistüren, den Erzählungen und Bildern nach zu urteilen, Außenriegel mit großen Schlössern und Gucklöchern zur Überwachung der Gefangenen haben sollten. Hier war etwas anderes. Außerdem befand sich der Teil des Gebäudes mit den eisenbeschlagenen Fenstern senkrecht zu diesem, der zur äußeren Begrenzung des Gebäudes gehörte. Rafail Lwowitsch erinnerte sich, dass der vorgesetzte NKWDler bei der Einfahrt in das Tor dem Chauffeur gesagt hatte: »Zum zweiten Untersuchungsbüro!« Also hinter diesen Türen, mit den weißen Nummernkreisen, finden die Verhöre statt. Aber wie viele solcher Türen gibt es, wenn sie sich in allen Stockwerken mindestens eines Flügels dieses riesigen Gebäudes befinden?

Belokrinitskij hatte noch nie daran gedacht, dass Fenster, wenn sie von außen mit schwarzen Platten abgeschirmt sind, so stark von undurchsichtigen Blenden bedeckten toten Augen ähneln. Er hatte einmal einen durch Stromschlag getöteten Arbeiter gesehen, in dessen Augen seine Kameraden große Kupfermünzen gelegt hatten ...

– Hände zurück!

Rafail Lwowitsch verstand nicht sofort, was von ihm verlangt wurde, und sah sich fragend um.

– Hände zu-rü-hück! – wiederholte der NKWDler wütend mit raspelnder Stimme, wie zu einem durch seine Unfähigkeit gefährlich werdenden Narren. Von hinten ergriff er die Handgelenke des Gefangenen, presste sie grob zusammen, dass sie beinahe gegeneinanderschlugen. – Marsch, marsch! – Rafail Lwowitsch ahnte, dass »Marsch, marsch!« »schneller gehen!« bedeutete. Nach ein paar Schritten folgte ein weiterer Befehl: – Nach rechts!

Belokrinitskij bog in einen schmalen Seitengang ein. Der Gang war sehr kurz – nicht mehr als ein Dutzend Schritte – und machte eine sanfte Kurve, wie ein Komma. Er führte zu einem Treppenabsatz. Es wäre eine gewöhnliche Treppe wie in jedem anderen modernen Haus guter Bauart gewesen, wären da nicht die Seilnetze gewesen, die ihre Treppenaugen überspannten. Sie waren senkrecht über das Geländer und waagrecht in Höhe der einzelnen Stockwerke gespannt. Die horizontalen Netze ähnelten denen, die manchmal über die Zirkusarena gespannt werden, wenn unter der Kuppel todesmutige Kunststücke aufgeführt werden.

Die in der ersten Minute aufgetretene Verwirrung wurde schnell von einem Begreifen abgelöst, das dem wachsenden Unbehagen ein Gefühl des Unheimlichen hinzufügte. Es stellt sich heraus, dass das Leben der Verhafteten hier vor sich selbst beschützt werden soll. Dem gleichen Zweck dient, natürlich, auch die Filzmatte, mit der die quadratischen Steinblöcke an den Biegungen der Treppe abgedeckt sind. Ihre scharfen Steinpfosten sollen die über die Treppe Geführten nicht dazu verleiten, sich den Schädel zu brechen! Besonders stark vermutlich ist diese Verlockung für diejenigen, die die Treppe hinuntergeführt werden ...

– Runter, marsch!

Da es sich um das Erdgeschoss handelt, kann es da unten nur einen Keller, genauer Halbkeller, geben. Vom Hof aus bemerkte Rafail Lwowitsch, dass die unterste Reihe der Gefängnisfenster in Gruben mündete, die ebenfalls mit schrägen Eisenplatten abgedeckt waren. Er stellte sich den Abstieg in den Gefängniskerker vor, und das Gefühl des Gruselns nahm zu. Das Bewusstsein blieb jedoch klar und die Wahrnehmung der Umgebung wurde schärfer als zuvor.

Unten am Bogen der Treppe klappte die Tür, offenbar

eine eiserne, und dann war ein Schnappen zu hören. So hatte zur Irritation Rafail Lwowitschs einer seiner Mitarbeiter mit den Fingern geschnippt. Hier schien dieses Schnappen noch unangebrachter zu sein.

– Gesicht zur Wand!

Der Festgenommene zeigte erneut sein Unverständnis: zu welcher Wand und warum? Doch der Begleiter packte ihn grob an den Schultern und drehte ihn zur Wand, wobei er Rafail Lwowitschs Gesicht fast in die Wand drückte. Belokrinitskij jedoch konnte bemerken, dass ihnen ein blasser bärtiger Mann mit hinter dem Rücken verschränkten Händen entgegen kommt. Und der Soldat, der ihn begleitet, schnippt mit den Fingern. Das ist es! Ein Warnsignal. Hier wird darauf geachtet, dass die Verhafteten einander nicht sehen. Als der Gefangene und sein Wärter um den oberen Bogen der Treppe verschwunden waren, wurde Rafail Lwowitsch angewiesen, seinen Abstieg fortzusetzen.

Die Tür zum Halbkeller war tatsächlich eine eiserne. Auf das Klingeln des Begleiters öffnete sich darin ein Fenster, durch das ein Mann mit Uniformmütze heraussah. Belokrinitskij bemerkte, dass der Knopf neben der Tür aus irgendeinem Grund von der Art war, wie sie in den Minen verwendet wird, und dass die Treppe weiter nach unten führte. Könnte dort auch ein Gefängnis sein?

Die Eisentür öffnete sich, und der Festgenommene betrat auf einen Schubs seines Begleiters hin einen Raum, der dem Umkleideraum einer Fabrik sehr ähnlich war. Nur dass die Spinde größer waren und nicht nebeneinanderstanden, sondern in einem gewissen Abstand. Der NKWDler steckte dem Pförtner einen Zettel zu und hastete im Laufschritt zurück.

Belokrinitskij hörte, dass er die Treppe hinaufflog und dabei drei Stufen übersprang. Selbst die Schwere des großen Unglücks konnte ein Gefühl von – im Grunde kleinlicher – Verärgerung und Wut über diesen Mann wegen seiner kränkenden Unhöflichkeit nicht übertönen. Wieder rennt der Hetzhund hinter jemandem her! Rafail Lwowitsch hatte keine Vorstellung davon, dass diese geistige Beschimpfung, die ihm in den Kopf kam, sich kaum vom Spitznamen »Windhund« unterschied, mit dem die Kriminellen seit Langem die Beamten des operativen Dienstes bezeichneten.

Der Mann mit der Mütze notierte etwas auf dem Zettel, der ihm gereicht wurde, und legte ihn zu einem Stapel ähnlicher Zettel neben dem Telefon. Dann öffnete er einen der Schränke mit einer fetten zweistelligen Nummer auf der Tür. Am Boden des Schranks befand sich ein Querbrett, das offenbar als Sitzgelegenheit gedacht war. Rafail Lwowitsch war sogar darüber froh, denn er verspürte plötzlich eine unwiderstehliche Müdigkeit. Die Tür des Schranks schloss sich, und der Riegel klappte zu.

Ein kleines Loch in der Decke des Schranks diente wahrscheinlich dem Luftzug. Es roch nach getrocknetem Holz, Farbe und Staub.

Noch gestern war Belokrinitskij der technische Leiter eines großen Energieverbunds gewesen. Wie immer war für morgen vieles geplant, sogar ein verschobenes Gespräch mit dem Dispatcher Tschischow. So sah es also aus, dieses Morgen!

* * *

Zehn Jahre lang hatte Belokrinitskij atemlos gearbeitet, fast ohne Urlaub und ohne Wochenenden. Manchmal war er eine Woche lang nicht nach Hause gekommen, angezogen hatte er an den installierten Turbogeneratoren oder Schalttafeln geschlafen. Nach seiner Heirat begann Rafail Lwowitsch, jeden Tag nach Hause zu kommen, wenn auch fast immer sehr spät. Es entwickelte sich ein Verständnis und ein Sinn für das, was man ein Privatleben nennt. Aber auch jetzt blieb die Arbeit an erster Stelle.

Als Autor zahlreicher Erfindungen und ehrgeiziger Projekte galt Belokrinitskij als herausragender Energiespezialist. Trotz seiner zweifelhaften sozialen Herkunft – er war der Sohn eines NEP-Mannes[5] – war Rafail Lwowitsch bereits mehrere Jahre lang Chefingenieur eines großen Energieverbunds. Während seines Studiums am Institut begann er als Elektromonteur in den damals kleinen Stationen und Umspannwerken dieses Verbunds zu arbeiten. Danach war er Schaltstellenleiter, Schichtingenieur und Leiter des Kraftwerks.

Der Vater von Rafail Lwowitsch, ein halbgebildeter jüdischer Handwerker, verdiente vor der Revolution das Brot für seine weitreichende Familie, indem er elektrische Klingeln installierte und reparierte und Taschenlampen und andere elektrische Kleinigkeiten instand setzte. Der ältere Belokrinitskij hatte diesen Beruf nicht wegen seiner Rentabilität gewählt – der Verdienst eines Schneiders oder Hutmachers war reeller und höher –, sondern aus Liebe zur Elektrizität. In seinem Heimatort im Süden Russlands galt der Bursche deswegen sogar als »Meschuggener«[6]. Er konnte mit wenigen verständnisvollen Menschen stundenlang über Elektrizität reden und erfand dabei seine eigenen, meist fantastischen Theorien über elektrische Phänomene. Das Erstaunlichste daran war, dass er auf Grundlage dieser Theorien manchmal recht kuriose Dinge erfand. Ehrlich gesagt, waren es meistens nur Spielzeuge. Der Jude aus der abgelegenen Provinz konnte seine Erfindungsgabe und seinen Durst nach technischer Kreativität nicht in etwas wirklich Nützliches umsetzen. Dazu hätte ihm auch das Wissen gefehlt. Zweifellos war in dem ansässigen Handwerker ein hervorragender Ingenieur und Wissenschaftler zugrunde gegangen

Allerdings hinderte sein reines Interesse an der Elektrizität Lew Moisejewitsch nicht daran, den naiven Traum zu hegen, eines Tages durch eine Erfindung auf diesem Gebiet reich zu werden. Bis an sein Lebensende schmiedete er Pläne, Millionär zu werden, die ebenso chimärisch waren wie seine Theorien. Aber der alte Mann war vulgären, kleinen, manchmal nicht ganz gewissenhaften Geschäften nicht abgeneigt. Wenn es ihm gelang oder zu gelingen schien, einen Geschäftspartner, in der Regel einen Nicht-Juden, zu täuschen, empfand Lew Moisejewitsch nicht nur keine Gewissensbisse, sondern war sogar recht zufrieden mit sich selbst. Er erlaubte sich, einen

solchen Partner mit dem unter der jüdischen Bevölkerung im Süden gebräuchlichen Slang »Fone Kwas« zu
bezeichnen. Es kam vor, dass der verachtenswerte »Fone
Kwas« gerissener war als der selbstbewusste Kombinie-
rer und Lew Moisejewitsch selbst hatte das Nachsehen.
Dann verfluchte er heimlich sich selbst mit demselben
Wörtchen. Nach und nach wandte er diesen Spitznamen
auf jeden an, der nicht schnell genug oder nicht clever genug war. Es heißt, der Ausdruck »Fone Kwas« oder »Fane
Kwas« sei eine Abwandlung des ursprünglichen »Apho-
nisa Kwas«, eines abfälligen Spitznamens für einen ein-
fältigen Menschen.

In der Familie Belokrinitskij nahm der Ausdruck »Fone
Kwas« die Bedeutung von russischen Einfaltspinseln an.

Zu Beginn der NEP[7] beschloss der alte Mann, dass
seine Erfindungsgabe und, wie er meinte, sein unterneh-
merisches und kaufmännisches Talent ausreichten, um
sein eigenes Unternehmen zu gründen, und eröffnete
eine Werkstatt für die Herstellung elektrischer Klingeln.
Diese kleine Werkstatt wurde fast ausschließlich von seinen Verwandten und den ältesten Mitgliedern der Familie betrieben, darunter natürlich auch von seinem Sohn
Rafail. Hier entwickelte der jüngere Belokrinitskij sein
Interesse an der Elektrizität.

Im Gegensatz zum Vater war der Sohn ein ausreichend
gebildeter Mensch und statt selbst gebastelter physikali-
scher Theorien nahm er ernsthaft das Studium der Physik und Elektrotechnik auf. Rafail las mit Freude Bücher
über diese Themen, so wie seine Altersgenossen die gelb-
lichen Bücher der vorrevolutionären Ausgaben der Aben-

teuer von Nat Pinkerton[8] und Nick Carter[9] gelesen hatten. Um die Theorie der Elektrotechnik wirklich zu verstehen, war es nötig, die Mathematik zu beherrschen; auch dieses Fach hatte der jüngere Belokrinitskij autodidaktisch erlernt. Und das nicht nur im Umfang des gymnasialen Kurses. Er beherrschte teilweise sogar Grundlagen der höheren Mathematik. Rafa beschäftigte sich gern mit dem Bau von physikalischen Geräten und richtete aus ihnen einen Physikraum im Haus ein.

Damals wurden die Kinder der »Anderen«, derjenigen, die nicht einmal zur letzten der drei Arbeiterkategorien[10] gezählt werden konnten, noch zum Hochschulstudium zugelassen – natürlich nur unter der Bedingung, dass sie bei den Aufnahmeprüfungen eine fast glatte Eins erhielten. Rafail Belokrinitskij bekam eine Eins ohne jedes »fast«.

Bald wurde die Innenpolitik der Regierung auf einen steilen Kurs in Richtung Abschaffung des Privatsektors gebracht. Ende der Zwanzigerjahre war der unabhängige NEP-Mann Belokrinitskij durch willkürlich auferlegte Steuern völlig ruiniert. Seine Werkstatt, sogar die Einrichtung seiner Wohnung, alles, was sich nicht vor dem Steuerprüfer verbergen ließ, wurde beschlagnahmt, um die Rückstände zu begleichen. Doch auch auf diese Weise wurden sie nicht vollständig beglichen, und dem hartnäckigen Steuersünder drohte eine Gefängnisstrafe. Der altersschwache Lew Moisejewitsch war durch eine Krankheit vor dem Gefängnis bewahrt worden. Aber dieselbe Krankheit brachte ihn auch ins Grab. Der alte Mann starb, ohne die Karriere von Edison oder Siemens zu wiederholen. Er hatte sich in seiner Wette auf die unumkehrbare Entwicklung der Neuen Ökonomischen Politik als, wie er es ausdrückte, »Fone Kwas« herausgestellt. Diesmal für immer.

Der jüngere Belokrinitskij schloss zu dieser Zeit sein Studium am polytechnischen Institut ab. Für die Kinder der »Anderen« war der Zugang zur höheren Bildung nicht mehr möglich, Außenseiter, die sich eingeschlichen hatten, wurden ausgeschlossen. Bei den Absolventen geschah dies jedoch nicht, und der Sohn des NEP-Manns Belokrinitskij erhielt ein Ingenieursdiplom.

Natürlich hatte Rafail Lwowitsch seine Herkunft nicht hervorgekehrt. Doch in seiner Personalakte war sie für immer registriert. Und während vielen anderen in jenen Tagen ihre proletarische Herkunft zu einem Aufstieg verhalf, der ihren Kenntnissen und Fähigkeiten oft gar nicht entsprach, musste er ständig die bleierne Last seiner gesellschaftlich fremden Herkunft überwinden, viel schwerer, als es einst mit der Last seiner jüdischen Religion gewesen war. Besonders schwierig ist die Position des Chefingenieurs in den letzten Jahren geworden. Nach der Logik der besonders wachsamen Bürger, deren Zahl immer mehr zunahm, konnte man Spezialisten wie Belokrinitskij nicht trauen, auch wenn sie über dreimal so viel Wissen verfügen und noch so effizient sind. Unter denjenigen, die ihr hypertrophes Misstrauen zur Schau stellten, gab es kaum Bolschewiken aus der Lenin-Zeit. Auf diese Weise warb die neue postrevolutionäre Generation von Parteimitgliedern besonders lautstark für ihren erbärmlichen und bösartigen Dogmatismus, der von der aktuellen Staatsideologie offiziell durchgesetzt wurde. Echte Bolschewiki, Kommunisten mit Erfahrung im Aufbau des sowjetischen Staates, hatten in der Regel ein viel besseres Verständnis für die menschliche Natur. Sie verstanden auch die Liebe echter Fachleute zu ihrer Arbeit, sie vertrauten solchen Fachleuten immer und täuschten sich nie in ihrem Vertrauen. Das gegenwärtige Konzept des Generalverdachts, das Stalin selbst so strikt verkündete, beruhte jedoch auf der Vorstellung vom Menschen als angeborenem Verräter, hypertrophen Lügner, hinterhältig und bösartig.

* * *

Seine Augen gewöhnten sich allmählich an das Halbdunkel, und Rafail Lwowitsch bemerkte, dass die Wände des Schranks an vielen Stellen mit dem Bleistift seiner Gäste vollgekritzelt waren. Bis auf eine Ausnahme, die wahrscheinlich die jüngste war, waren jedoch alle Schriftzüge ausradiert oder dick verschmiert. Die verbliebene Schrift war auch nicht leicht zu erkennen, da sie mit Grafitstift auf einer grauen Ölfarbschicht angebracht und schlecht zu sehen war. Aber es war genug Zeit, und Rafail Lwowitsch las: »Informieren Sie meine Frau ..., folgte Name und Adresse, – dass ich am 10. März auf der Straße aufgegriffen wurde«.

So waren also letzte Woche zwei Arbeiter eines der städtischen Kraftwerke abhandengekommen, ein Schichtingenieur und ein Turbinenmaschinist, beide lettischer Nationalität! Beide verschwanden irgendwo auf dem Weg von der Arbeit nach Hause.

Einige Tage zuvor war die Frau eines Bekannten von Belokrinitskij, der wissenschaftlicher Mitarbeiter des Forschungsinstituts war, bei der Suche nach ihrem vermissten Mann völlig erschöpft zusammengebrochen.

Sie war in allen Krankenhäusern und Leichenhallen sowie auf allen Polizeistationen gewesen. Sie hatte auch bei der operativen Abteilung des NKWD angerufen. Von dort kam die Antwort, dass man nichts über den Vermissten wisse. Aber jetzt war es fast unzweifelhaft, all diese Fälle von Verschwinden waren – sein Werk.

Der Gedanke an die unbedingte Unzweckmäßigkeit, um nicht zu sagen Bösartigkeit, des Vorgehens der Strafverfolgungsbehörden des NKWD war Belokrinitskij noch nie zuvor gekommen. Da er aus den unteren Schichten stammte, konnte er sich natürlich keine Illusionen über die Menschlichkeit oder gar Rechtmäßigkeit der sowjetischen Strafverfolgungsbehörden machen, wenn es darum ging, dem Staat unerwünschte Elemente zu vernichten. Er war jedoch der Meinung, dass solche Maßnahmen immer durch den gesunden Menschenverstand gerechtfertigt waren und niemals den Interessen des Staates zuwiderlaufen konnten. Doch als Rafail Lwowitsch in den letzten Monaten die steigende Zahl der Verhaftungen und deren zunehmend unverständlichen Charakter beobachtete, kamen ihm immer mehr beunruhigende und quälende Zweifel. Seit einiger Zeit glaubte er nicht mehr, sondern zwang sich zu glauben, dass die NKWD-Organe nicht einem fatalen Irrtum aufgesessen waren. Zum letzten Mal hatte ihm seine Frau diesen beruhigenden Glauben während des heutigen Überfalls des NKWD in ihrer Wohnung eingeflößt. Doch unter dem Einfluss dessen, was er hier gesehen hatte, obwohl es zweifellos nur ein Vorgeschmack auf etwas viel Schlimmeres war, wurde dieser Glaube immer mehr von einer ungerechtfertigten Angst und einem Zweifel verdrängt. Sie wurden unwillkürlich inspiriert von den eisernen Platten vor den Gefängnisfensterchen, den Seilnetzen zwischen den Treppen, dieser Inschrift, die darauf hinweist, dass die Menschen still und irgendwie heimlich von einer Spinne gepackt werden, deren Netzzentrum sich zweifellos hier in diesem riesigen Gebäude befindet ...

Die Gedanken in dem müden Gehirn wurden immer verwirrter. Langsam wurden sie von einer erschreckenden Vision abgelöst. Eine kolossale Spinne mit mehreren Reihen toter viereckiger Augen webte ein Netz aus dünnen, endlosen Seilen. Das Netz breitete sich immer weiter aus und bedeckte die ganze Welt. Sie näherte sich Rafail Lwowitsch und begann ihn mit einer starken Schnur zu umschlingen, die ihn unwiderstehlich zu einer Art Klumpen zusammenpresste. Er versuchte, sich zu wehren, aber wie hypnotisiert von den Augen der Spinne konnte er sich nicht einmal bewegen. Und die Schnüre wurden in immer dickeren Schichten um ihn gespult, als würden sie ihn einwickeln. Das Atmen fiel schwerer, es roch trocken und staubig. Unaussprechliche Angst ergriff Belokrinitskij, er schrie und wachte auf.

Rafail Lwowitsch erinnerte sich nicht sofort daran, wo er sich befand, und fühlte noch eine Weile dieselbe Angst in seiner unbequemen, zusammengekauerten Position auf dem Balken. Als er sich wieder erinnerte, setzte er sich aufrecht hin und kam allmählich zu sich. Was für eine erstaunliche Fähigkeit eines schlafenden Gehirns, in seinen Träumen zu kombinieren, was er am Vortag gesehen hatte!

Hinter den Wänden des Schranks waren weiterhin dumpfe Geräusche zu hören. Es herrschte eine fast ununterbrochene Bewegung. Oft klapperten das Telefon oder die Klingel über der Tür. Die Schlösser klirrten, und neue Gefangene wurden in die »Garderobe«, wie Belokrinitskij sie in Gedanken nannte, gebracht. Sie wurden geräuschlos in die Schränke gesetzt. Und es war auch klar, dass die anderen aus den Schränken geführt wurden. Ihre Stimmen waren nicht zu hören, nur der Schließer, alias Leiter der Abwarterei des Gefängnisses, meldete sich am Telefon mit kurzen Worten: »Ich höre ...«, »Ja ...« oder »Nein ...«, »Gut ...« Auch dies geschah mit leiser Stimme, wie in einem Haus, in dem ein Toter lag. All dies geschah natürlich, damit die Leute in den Schränken nicht erfuhren, wer sonst noch hierhergebracht worden oder in der Nähe war.

* * *

Er wollte, dass es bald vorbei ist. Dort, wohin er heute verlegt wird, erwartet die berühmte Gefängniskoje mit einer harten Matratze und einer groben Decke, ein kleines vergittertes Fensterchen einen anderen Häftling ... Dann erinnerte sich Rafail Lwowitsch an die Eisenplatten und dachte daran, dass man durch diese Fensterchen wahrscheinlich nichts anderes als rostiges Eisen sehen konnte.

Wie oft hatte er von Gefangenen gelesen, die den Lauf der Wolken durch ihre Gitter beobachteten. Den Häftlingen dieses Gefängnisses wurde sogar diese Möglichkeit genommen.

Bei einem Ausflug in die Peter-und-Paul-Festung hatte Belokrinitskij die Drahtnetze gesehen, die von den Kerkermeistern des Zaren vor den Fenstern der Kasematten angebracht worden waren. Die Grausamkeit der Menschen, die diese folterknechtliche Maßnahme mit der Notwendigkeit begründet hatten, dem Gefangenen die zweifelhafte Möglichkeit zu nehmen, mit einer Taube und einem Spatz eine Botschaft zu übermitteln, erschien damals unverständlich und der Grund dafür weit hergeholt. Aber es war immer noch ein Netz gewesen und keine blanke Eisenplatte.

Die Läden an den Gefängnisfenstern waren in Rafail Lwowitschs Gedanken untrennbar mit den Netzen auf der Treppe und der Filzmatte an den Pfosten verbunden. Würde auch er an die Tiefe eines Treppenhauses und an steinerne Gegenstände mit scharfen Ecken denken, um vor etwas zu fliehen, das offenbar noch schrecklicher ist? Gibt es hier irgendetwas Schrecklicheres als den Tod selbst?

Man kann sicherlich die Verzweiflung und die Angst von Menschen verstehen, die schwere Verbrechen begangen haben und auf die unvermeidliche Vergeltung warten. Aber er weiß ganz genau, dass er nichts getan hat, was den ehemaligen Chefingenieur belasten könnte. Wenn es um die Unfälle, Ausfallzeiten und Störungen geht, die in jeder großen und komplexen technischen Anlage unvermeidlich sind, können solche Anschuldigungen mithilfe von kompetentem Fachwissen entkräftet werden. Es wird Belokrinitskij nicht schwerfallen, zu beweisen, dass, ohne seine jahrelange kontinuierliche Arbeit zur Verhinderung von Unfällen aller Art, deren Zahl doppelt so hoch sein würde. Sein Stromnetz ist vielleicht das blitzsicherste in der Union. Eben darin befanden sich die neuesten Schutzmaßnahmen gegen die zerstörerischen Blitzeinschläge, die frühere Geißel der Energieversorgung. Nur aus Versehen, schierer technischer Unkenntnis oder Böswilligkeit kann der langjährige Leiter eines führenden Energieverbunds der Sabotage verdächtigt werden.

Sabotage ... Gibt es wirklich Menschen, die in der Lage sind, ihre Arbeit nicht auf die beste Art und Weise und auch nicht irgendwie, sondern eben auf die schlechteste Art und Weise zu erledigen? Die Psychologie solcher Menschen erschien Rafail Lwowitsch unnatürlich, unfassbar für einen Menschen mit normaler Psyche.

In den letzten Jahren war eine Reihe von Prozessen gegen Spezialisten-Saboteure angelaufen. Und in all diesen Prozessen hatten die Angeklagten stets ihre Schuld eingestanden und unter Tränen bereut. Die Zeitungen waren voll mit Artikeln über die wirtschaftliche Konterrevolution. Die Staatsanwälte hielten grausame und entlarvende Reden über die während des Prozesses demaskierten Agenten. Es wurden Romane zum Thema Sabotage geschrieben und Filme gedreht. Alles rief zur Wachsamkeit auf – der Saboteur ist nah!

Sehr wahrscheinlich, dass viele der ehemaligen

Mitarbeiter von Belokrinitsky, die in letzter Zeit verhaftet wurden, des gleichen Verbrechens verdächtig sind. Es kam auch vor, dass diejenigen, die diese Personen ersetzt haben, anschließend festgenommen wurden. Manchmal fanden solche Wechsel zwei-, dreimal statt. Und das zu einer Zeit, in der akuter Fachkräftemangel herrschte!

Jetzt, da er an der Reihe war, verwandelte sich die quälende Frage in ein schreckliches Rätsel. Was hatten sie denn alle getan, wenn er, der Chefingenieur und erfahrene Spezialist, der seine Anlagen bis ins Detail kannte, bei keiner einzigen auch nur die Spur einer vorsätzlichen Beschädigung entdecken konnte. Und keiner der vom NKWD ihm bekannten festgenommenen Ingenieure glich auch nur im Geringsten einem Saboteur.

Aber wenn diese Menschen unschuldig sind, warum wurden sie dann trotzdem verhaftet? Nehmen wir an, aus Versehen. Warum kam dann keiner von ihnen nach Hause zurück? Und wo sind sie jetzt? Warum erfährt niemand nie etwas, nicht nur über die Umstände des Falles nicht, sondern auch nichts über ihr Schicksal? Die Hoffnung, die aufflackerte, wurde erneut durch einen kalten und giftigen Zweifel ersetzt.

Und jetzt werden nicht nur Spezialisten festgenommen. Auch alte Parteimitglieder, verdiente Veteranen der Revolution und des Bürgerkriegs werden geschnappt. Es ist schon sehr merkwürdig, dass der ehrliche Spezialist Belokrinitskij verhaftet wurde, aber noch merkwürdiger ist es, dass das gleiche Schicksal vor einem Monat den Leiter ihres Verbundes, einen alten Bolschewiken, Mitglied des Regionalkomitees und des Zentralkomitees der Republik, Mironow, ereilte. Mironow hatte dem vor-revolutionären bolschewistischen Untergrund angehört, viele Jahre in der Verbannung in Sibirien verbracht und war in den Zwanzigerjahren mit einem seltenen sowje-tischen Orden ausgezeichnet worden. Der ungebildete Mann und ehemalige Monteur zeigte in der Zeit des Wiederaufbaus bemerkenswerte organisatorische Fähig-keiten und leitete die ersten Bauprojekte im Rahmen des GOELRO-Plans[11]. An Belokrinitskijs Fähigkeiten glaubte Mironow erstmals, als der angehende Ingenieur den Bau eines kleinen Kraftwerks aus der Sackgasse führte. Der junge Spezialist hatte einen cleveren Weg vorgeschlagen, die elektrische Ausrüstung eines alten Kriegsschiffs zu verwenden, um Technik zu ersetzen, die von einer west-lichen Firma aufgrund eines internationalen Embargos für Lieferungen an die Sowjetunion verweigert worden war. Seitdem hatte Mironow den Ingenieur Belokrinits-kij nicht mehr von sich gelassen. Hinter seinem breiten Rücken, wie empörte, wachsame Bürger es ausdrückten, kletterte ein Mann fremder Herkunft auf der Karrierelei-ter, trotz ihrer wiederholten und immer eindringlicheren Warnungen, immer weiter nach oben ...

Wie lange sitzt er in diesem Schrank, zwei Stunden oder vier? Und was geschieht jetzt in seiner Wohnung? Sicherlich ist dort niemand zu Bett gegangen. Die Mut-ter sitzt wahrscheinlich da, starrt starr vor sich hin mit zitterndem Kopf. Und seine Frau räumt in seinem Ar-beitszimmer auf. Vielleicht tut sie das immer noch. Die NKWDler haben ein furchtbares Chaos angerichtet, und Lena wird es nicht nur zum Schein aufräumen. Die Vermutung, dass seine Frau aufgelöst vor Traurigkeit einfach nur untätig dasitzen könnte, ging nicht in Rafail Lwowitschs Kopf.

Wie lange wohl! Was wäre, wenn es sich wirklich um ein Missverständnis handelte und der rüpelhafte NKWDler, der Grobian und Langfinger, der das verführerische Bild gestohlen hatte, von seinem Vorgesetzten für seine Dummheit gerügt worden wäre? Und Belokrinitskij wird als grundlos Verhafteter entlassen, es wäre durch Überlastung zu erklären, und noch vor dem Morgengrauen wird er durch die Straßen nach Hause eilen – die Trambahn fährt wahrscheinlich noch nicht – und er wird mitleidig die vereinzelten und stirnrunzelnden Passanten betrachten, die im Gegensatz zu ihm nicht begreifen können, was für ein großes und unvergleichliches Glück die Freiheit ist!

Ja, es ist nötig, die Adresse des armen Mannes zu behalten, der heute auf der Straße verhaftet wurde ...

* * *

Der Riegel klappte. Neben dem Schließer, der Rafail Lwowitsch in den Schrank gesperrt hatte, stand ein anderer. Er gab dem Festgenommenen ein Zeichen, herauszukommen und ihm zu folgen.

Der diensthabende Gefängniswärter saß hinter einem Schreibtisch und hatte einen Budjonny-Helm mit einem leuchtend roten Stern auf. Diese Helme waren nur noch in Filmen, auf Museumsplakaten und Bildern aus dem Bürgerkrieg zu sehen. Vielleicht hatte der Diensthabende deshalb den archaischen Helm aufgesetzt – als Symbol für seine Treue zur revolutionären Tradition der Tscheka oder um die gefangenen Volksfeinde noch mehr einzuschüchtern. Er war sehr beschäftigt und ließ den Hörer fast nie los, während er den Befehlen von irgendwem zuhörte und kurze Anweisungen gab. Der Diensthabende war seine eigene Telefonistin und bediente die Stecker einer alten Telefonzentrale, vor deren schwarzer Tafel seine Budjonowka[12] sich malerisch abzeichnete.

Die Arbeit dieses Mannes erinnerte Belokrinitskij an etwas sehr Bekanntes. Natürlich, es ist der hiesige Dispatcher. »Wie viel?« – fragte der Mann unter der Budjonowka am Telefon. Als er die Antwort erhielt, ging er schnell die Spalten des Registers durch, das vor ihm auf dem Tisch lag, ordnete die Stecker in den Steckdosen seiner Zentrale neu und befahl in den Hörer: »Vierte, drei in Siebenundsechzigste!«

Außer dem Dispatcher saßen in dem leeren, ziemlich großen Raum noch zwei weitere Soldaten auf einer Bank unter der Wand. Ohne seinen Hörer loszulassen, sagte der Diensthabende mit gleichgültigem Blick zum nächsten Gefangenen:

– Pack Wertsachen und Geld auf den Tisch!

Erneut fühlte sich Rafail Lwowitsch durch das ungewohnte Duzen gestört, obwohl es diesmal nicht den Hauch einer beleidigenden Note enthielt.

Belokrinitskij legte das Geld, das ihm bei der Hausdurchsuchung gelassen worden war, vor den Diensthabenden. Dieser machte eine kurze Geste mit seiner Hand. Einer der Wächter, ein Junge mit mürrischem und etwas

verschlafenem Gesichtsausdruck, packte den Festge-
nommenen am Ärmel, zog ihn zu einem Hocker in der
Mitte des Raumes und brummte: »Zieh dich aus!« Rafail
Lwowitsch zog seinen Mantel und seine Mütze aus.

– Komplett aus! – sagte der Wächter.

Belokrinitskij war nicht so sehr vom Befehl selbst unangenehm überrascht als vielmehr von der sofortigen
Erkenntnis, dass er für das Gefängnis ausreichend logisch war, um ungewöhnlich zu sein. Und doch hoffte
er, während er sich bereits entkleidete und ein fast körperliches Gefühl der Demütigung und Scham überwand,
dass der Wächter »genug!« sagen würde. Aber der nahm
das nächste Stück in die Hand, tastete es vorsichtig ab
und schnitt mit einem Taschenmesser alles aus Metall –
Hosenknöpfe, Haken und Schnallen – mitsamt dem
»Fleisch« ab, was große Löcher in der Kleidung hinterließ.

Dann zog er die Schnürsenkel aus den Stiefeln, den
Gürtel aus der Hose, die Manschettenknöpfe aus den Ärmeln und warf alles zusammen mit dem Hemdkragen
und der Krawatte als überflüssigen Plunder in die Ecke.

– Zieh dich an, schnell!

Rafail Lwowitsch begann eilig, seine Kleidung anzuziehen, aber sie verrutschte und fiel auseinander. Die
Hose musste mit den Händen gehalten werden, die Manschetten des Hemdes fielen aus den Ärmeln des Jacketts
und spreizten sich unpassend, der Hals ohne Kragen und
Krawatte ragte verlassen aus dem Hemd heraus.

Der Diensthabende schob die Quittung, die er für das
Geld ausgestellt hatte, an die Tischkante. Belokrinitskij
trat zum Papierchen, schlurfte mit seinen Stiefeln ohne

Senkel und hielt seine herunterhängende Hose hoch. Das Gefühl der Scham und der Kränkung war jetzt stärker als vorhin, als er nackt in der Mitte des Raumes stand. Doch dem Diensthabenden und dem Wächter war er offenbar gleichgültig. Der Bursche mit dem Gesicht eines verschlafenen Kretins inspizierte gerade das Bündel, das Lena gepackt hatte. Er tastete die Wäsche ab, öffnete mit seinen schmutzigen Händen die Butterbrote und klappte sie nicht wieder zusammen, zerriss und warf die Zigarettenverpackung weg, riss die Mundstücke von den Zigaretten ab und warf auch sie weg. Das war verwirrend. Belokrinitskij wusste nicht, dass selbst ein winziger Papierfetzen zu den streng verbotenen Gegenständen in diesem Gefängnis gehört. Der Wächter zerrieb die Zigaretten und stapelte den Tabak neben die Butterbrote, die auf der Wäsche lagen.

– Mach dich fertig, schnell! – sagte der andere, der auf das Ende der ganzen Prozedur wartete.

Mit der einen Hand – mit der anderen die Hose haltend – rollte Rafail Lwowitsch den Tabak, die Wäsche und das Brot zusammen und taumelte, den bröckelnden Klumpen an den Bauch gepresst, in Begleitung des Wärters zum Ausgang.

– Zur Zweiundzwanzigsten! – rief ihnen der Diensthabende hinterher.

Durch die schmutzigen Scheiben der beiden Halbkellerfenster des Dienstzimmers zeichneten sich bereits die dicken Gitterstäbe ab. Hier waren die Fenster nicht mit den Platten verkleidet, und dahinter schimmerte ein düsterer Vorfrühlingsmorgen.

Der Charakter dieses Korridors konnte selbst von einem unerfahrenen Häftling nicht missverstanden werden. Die massiven Türen waren mit schweren Riegeln und Vorhängeschlössern versehen und hatten Gucklöcher mit verschiebbaren Blenden. In der Mitte jeder Tür war ein mit einem Riegel verschließbares Fensterchen mit einem kleinen Regal davor ausgespart. Darüber, auf einer blechernen Tabelle, stand eine geschwärzte, große deutliche Zahl. Der Korridor war schmutzig, halbdunkel und stank nach Latrine, saurem Essen und etwas, das an den Geruch verrottender Wäsche erinnerte.

Ein Mann in einer zerknitterten Uniform und mit einem Schlüsselbund in der Hand näherte sich. Der Aufseher, vermutete der Häftling. Der Mann mit dem Schlüsselbund öffnete die Tür Nummer 22. In Rafail Lwowitschs Gesicht schlug warme, dichte, irgendwie muffige Luft, gegen die selbst die stinkende Flurluft frisch erschien. Die Zelle war klein, wie eine Kammer, nicht mehr als vier Schritt lang und zweieinhalb breit.

Es gab keine Möbel. Die Körper halbnackter Männer bedeckten den Zementboden. Sie waren so dicht gepackt, dass derjenige, der seinen Platz an der Schwelle eingenommen hatte und gegen die Zellentür gepresst war, halb auf den Flur herausgeschoben wurde, als sich die Tür öffnete. Erschrocken blickte der Gefangene zum Aufseher zurück und versuchte, wieder hinter die Schwelle zu treten, was ihm jedoch nicht gelang. Die zusammengepresste Masse von Körpern auf dem Boden dehnte sich augenblicklich aus, wie eine zusammengedrückte Schicht aus Gummi.

Rafail Lwowitsch wich unwillkürlich vor dem Eingang zu der stinkenden Kammer zurück, in der menschliche Körper wie Sardinen in einer Blechdose gestapelt waren. Mehr als einmal war er heute vom Allerschlimmsten getroffen worden, wo er schon Schlimmeres erwartet hatte. Aber was er jetzt sah, übertraf das Allerschlimmste. Es war fast unvorstellbar schrecklich. Der Festgenommene blickte verwirrt zu seinem schläfrigen Begleiter zurück. Dennoch schob dieser ihn gleichgültig auf einen Platz hinter der Zellenschwelle, wo in einem kleinen Dreieck auf dem Boden ein gusseiserner Eimer die sich ausbreitende Masse von Leibern fernhielt. Dann drückte der Aufseher die Tür auf Rafail Lwowitsch und den davor auf dem Boden kauernden Häftling, so wie man den Deckel eines Koffers auf die überquellende Wäsche drückt. Das Klappern der schweren Tür verschmolz mit dem Klirren des Riegels. Da er mit seinen Armen nicht balancieren konnte, während seine Hose herunterfiel, wäre der neue Bewohner der Zelle fast auf die Leute unter ihm gefallen.

– Vom Verhör oder Haft? – fragte, ohne sich umzudrehen, jemand, der mit dem Rücken zur Tür lag.

– Haft, antwortete ihm der andere. – Jetzt gibt es einundzwanzig von uns im Regiment.

– Verdammte Scheiße ... fett, oder?

– Nein, scheint nicht so.

– Setzen Sie sich auf den Kübel, – sagte der Mann, der neben diesem Kübel lag – Sie können nicht bis zum Wecken stehen bleiben, und außerdem werden Sie stören.

Rafail Lwowitsch verstand nicht, was er da stören

konnte. Aber er konnte sich wirklich kaum noch auf den Beinen halten. Ihm war schwindlig vor Hitze und Schwüle. Belokrinitskij überwand seinen Ekel und ließ sich auf den Holzdeckel des Eimers sinken.

Mit dem Rücken an die Tür gelehnt und einem zerfallenden Bündel im Schoß saß der neue Häftling und starrte verständnislos auf die Ansammlung von Körpern, Köpfen, Armen und Beinen auf dem Zellenboden. Weder Gesichter noch einzelne Menschen waren sichtbar für ihn. Eine schummrige ausgehöhlte Lampe unter der Decke warf spärliches Licht auf die baufälligen Wände des Betonsacks und ein viereckiges, vergittertes Fensterchen, hinter dessen schmutzigen Scheiben Eisen rostbraunte. »Dasselbe«, – wurde dem geschwächten Bewusstsein von einer allzu hilfreichen Erinnerung eingeflüstert. Bald begann sich das Fenster zu vervielfachen und in eine Reihe rostiger Rechtecke an der grauen Wand zu verwandeln. Dann verwandelten sich diese Rechtecke in die schon bekannten Spinnenaugen. Wieder erstickte die wabige Spinnwebe Rafail Lwowitsch, aber nicht nur ihn alleine. Sie presste die riesige Menschenmasse zu einem unförmigen Klumpen zusammen und verwandelte sie in eine Ansammlung entstellter Körper. Die Körper rochen unerträglich übel und es war deswegen schwer, die Umgebung nicht nur zu erkennen, sondern überhaupt zu begreifen. Der Gestank vernebelte den Verstand, als ob ihm jemand eine immer dickere Schicht Watte unter den Schädel gestopft hätte. Dadurch waren eine Zeit lang nur die schrillen Rufe von irgendwem zu hören, irgendwelches Klingeln, ein eisernes Klirren, das allmählich schwächer und schwächer wurde. Es war etwas Bekanntes in dieser zunehmenden Dumpfheit, das irgendwie mit dem stechenden, erstickenden Geruch zusammenhing. Ja, natürlich! Belokrinitskij hatte etwas Ähnliches schon als Kind gespürt, als er nach der Einrenkung eines ausgekugelten Gelenks unter einer Maske mit Chloroform lag. Nur damals zählte jemand noch in der Nähe monoton mit. Das Zählen, erinnerte er sich, brach irgendwann nach achtzig ab. Aber dieses Zählen war nicht die Hauptsache. Die Hauptsache war die Maske ... Durch die sich verdichtende Dunkelheit blitzte ein bunter Punkt. Mit letzter Anstrengung erkannte er, dass es ein fünfzackiger Stern auf irgendeiner Budjonowka war.

* * *

Den Kopf auf die Arme gestützt, die durch die aus den Ärmeln hängenden Manschetten des Hemdes läppisch verlängert waren, schlief der neue Häftling der Zelle Nr. 22. Die Schirmmütze fiel von seinem Kopf auf den Mann, der ihm geraten hatte, sich auf den Kübel zu setzen. Sie war noch feucht, weil sie in den Bach gefallen war. Auch der Schlamm von der Straße war an einigen Stellen noch frisch. Der Mann auf dem Boden starrte lange auf diesen Schlamm. Dann hielt er sich die Schirmmütze direkt vor das Gesicht, so wie man einen Blumenstrauß hochhält. Möglich, dass die Feuchtigkeit, mit der der Stoff getränkt war, und der angeklebte Schlamm tatsächlich noch die Gerüche des Frühlings enthielten. Mehr als möglich wäre, dass der Gefangene sich diese Gerüche nur einbildete.

Jedenfalls hielt er die Schirmmütze lange an sein Gesicht, bevor er sie mit einem Seufzer vorsichtig auf den Schoß des Schläfers legte.

Rafail Lwowitsch wachte durch das Klirren des Türriegels auf. Er hatte kaum mehr als eine halbe Stunde geschlafen. Doch die erste Reaktion auf die beängstigenden Verhältnisse in der Zelle war überwunden. Die Fähigkeit, im Detail zu unterscheiden und zu begreifen, was er sah, kehrte zurück.

Die Tür war offen. Hinter ihr, neben dem Aufseher, stand ein Mann, der nicht wie ein frisch Verhafteter aussah. Seinem Gesicht nach zu urteilen, das wie eine Totenmaske aussah, nur nicht aus Gips, sondern wie aus graugrünem Ton, war dieser Mann seit mehr als einer Woche im Gefängnis. Er konnte jetzt nicht die Schwelle überschreiten, da er nirgends seinen Fuß hinsetzen konnte. Der Platz, auf den der Aufseher Belokrinitskij geschoben hatte, als er den Neuankömmling in die Zelle packte, war noch immer von dessen Füßen besetzt. Allerdings saß Rafail Lwowitsch jetzt auf dem Kübel und konnte dem Befehl des Aufsehers folgen, seine Füße hochzunehmen. Die Warnung des Alteingesessenen – »Sie werden stören« – wurde ebenfalls klar. Es war unmöglich, die Fläche freizumachen, während man auf ihr stand. Bald fand Rafail Lwowitsch heraus, dass diese Fläche hier der »Startplatz« genannt wurde. Der Mann, der im Korridor wartete, trat darauf und der Prozess des Zusammenquetschens von Menschen wiederholte sich.

– Kuschnarjow ist vom Verhör zurück, – sagte jemand, – also ist bald Zeit zum Wecken …

Mit einer Hand auf die Schulter von Belokrinitskij gestützt, der auf dem Eimer saß, zog Kuschnarjow mit der anderen seine Stiefel aus. Es war zu spüren, dass der Mensch todmüde war und aus Schlafmangel beinahe zu Boden sank. Er versuchte, nicht auf die Liegenden zu treten, trat aber trotzdem auf sie, während er zu seinem Platz ging, über dem sich allerdings schon die Körper seiner Nachbarn zusammengeschlossen hatten. Sie versuchten wirklich, Kushnarjow zu helfen, sich zwischen sie zu drängen, aber er schlief ein, ohne das Ergebnis ihrer Bemühungen abwarten zu können. Auf einem Knie, das Gesicht in die zu einem Boot gefalteten Handflächen gepresst und zwischen die Körper der Menschen auf dem Boden geklemmt, glich der Mann einer Spitzmaus, die auf der Erde erstarrt war, die sich für sie als unbezwingbar erwiesen hatte.

– Warum ziehen Sie Ihren Mantel nicht aus? – fragte derselbe Wohltäter Belokrinitskij.

Ja, warum eigentlich nicht? Rafail Lwowitsch zog seinen Mantel aus und legte ihn auf seinen Schoß. Ihm war nicht mehr so heiß, und an den Luftmangel hatte er sich gewöhnt. Jetzt konnte er Beobachtungen anstellen.

Die Menschen lagen auf dem Boden, auf der Seite und Kopf an Fuß. »Höchstmöglicher Koeffizient an Stapelung erreicht«, schätzte Belokrinitskij nach seiner Gewohnheit, in präzisen Kategorien zu denken.

– Umdrehen! – sagte jemand heiser in befehlendem Ton. Die Menschenmasse auf dem Boden regte sich, und alle drehten sich ächzend und murmelnd auf die andere Seite.

Auch das war verständlich. Es war unmöglich, lange auf einer Seite zu liegen, besonders wenn der Betonboden nur mit einem dünnen Mantel bedeckt war. Und es war auch nicht möglich, sich spontan umzudrehen, die effizienteste Aufstapelung wäre dadurch gestört worden.

Es gab jedoch einige offensichtliche Unregelmäßigkeiten. Einer der Schläfer lag trotz allem auf dem Rücken. Aber nicht auf dem Boden, wo es keinen Platz für eine derart luxuriöse Position gegeben hätte, sondern auf den Körpern seiner Kameraden. Sein Kopf war unnatürlich nach hinten geneigt, zwischen irgendwelche Körper geklemmt, und seine Beine waren weit gespreizt. Einer seiner Füße ruhte auf irgendeinem Kopf. Der Mann, der von diesem Bein erdrückt wurde, versuchte, es abzustreifen, aber ohne Erfolg. Wie versteift kehrte es in seine vorherige Position zurück. Es wurde versucht, den Unruhestifter zu wecken, er wurde getreten und sogar gekniffen, aber der Schlafende wachte nicht auf. In diesem Moment begann Rafail Lwowitsch, den Ausdruck »wie ein Toter schlafen« wirklich zu verstehen.

Mit Entsetzen betrachtete er die Menschen, deren Leidensgenosse er nun auf unbestimmte Zeit war. Die ausgemergelten, verwilderten und verdreckten Insassen dieser Zelle glichen Leichen, die auf den Boden eines engen Massengrabs geschichtet waren. Wer sind diese Leute? Sind es wirklich Umstürzler, Saboteure und Spione, und nur er, Belokrinitskij, Einziger unter ihnen, ein zufällig Unschuldiger? Und wie lange waren sie schon hier, in dieser unerhörten Enge, Stickigkeit und Schmutz, an deren Existenz Rafail Lwowitsch noch vor wenigen Stunden nicht geglaubt hätte?

Die Klingel läutete lange im Korridor. Und fast sofort öffnete sich das Fensterchen in der Tür.

– Aufwachen! – rief der Aufseher, der offenbar das allgemeine Signal nicht für ausreichend hielt.

Die unausgeschlafenen, steifgliedrigen und verdüsterten Menschen erhoben sich langsam vom Boden. Ohne sich anzuziehen, rollten sie ihre Sachen zusammen und setzten sich darauf. Einige von ihnen saßen niedrig, fast im Schneidersitz da, andere etwas höher, mit den Knien am Kinn und den Armen um sie herum. Keine andere Position war wegen des Platzmangels möglich.

– Ziehen Sie sich auch aus und halten Sie Ihre Sachen zusammen, – sagte derselbe wohlwollende Nachbar zu Belokrinitskij. – Ihr Platz allerdings bleibt beim Kübel – und machte eine Handbewegung des Bedauerns, – das Gesetz des Gefängnisses ...

An der Wand mühten sich einige mit dem Mann ab, der so fest auf den Körpern seiner Nachbarn geschlafen hatte. Auch jetzt wachte der Mann nicht auf. Er öffnete nur die Augen und hob den Kopf ein wenig, als er kräftig an den Schultern geschüttelt wurde. Doch seine Lider fielen wieder zu und sein Kopf sank zurück auf die Brust. Ihm wurde mit einem in Wasser getränktem Hemd ins Gesicht getupft, aber das Wasser war warm und half wenig.

– Was ist mit ihm? – fragte Rafail Lwowitsch seinen Nachbarn.

– Er saß vier Tage auf dem Förderband, – antwortete der kryptisch.

Auch Kuschnarjow saß schon aufrecht, schlief aber immer wieder ein und lehnte sich an die Schultern seiner Sitznachbarn. »Der Aufseher!« – warnte ihn ein ängstliches Flüstern und stieß ihn in die Seite. Auch er starrte ängstlich, fast ohne zu blinzeln, auf das gläserne Guckloch in der Tür.

*	*	*

Unter den vielen Dingen, über die Belokrinitskij nachgedacht hatte, während er die Nacht in seinem Schrank saß, schoss ihm der Gedanke durch den Kopf, dass es auch eine gute Seite an seiner Inhaftierung gab. Nämlich die Zeit, in der er nach seiner hektischen Arbeit und dem ständigen Schlafmangel aufgrund von Notfalleinsätzen und nächtlichen Anrufen wieder richtig ausschlafen konnte! Es stellte sich heraus, dass auch dieser Gedanke sich in die Kette naiver Vorstellungen über das Gefängnis reihte, welche die Lektüre alter Literatur hervorrief. Das heutige Gefängnis schien nicht im Entferntesten eine Wiederholung des vorrevolutionären Gefängnisses zu sein. Der propagandistische Lärm über die Grausamkeit des Zarismus, verglichen mit den heutigen Strafpraktiken, ließen jene Grausamkeit im Vergleich als Anmut erscheinen.

Der beste Platz in einer Gefängniszelle ist am Fenster, der schlechteste neben dem Kübel. Nach dem ewigen Gesetz des Gefängnisses nimmt derjenige, der zuletzt in die Zelle kommt, den schlechtesten Platz ein und rückt zum Fenster vor, sobald sich ihre Einwohnerschaft ändert.

Seit einigen Monaten wurden die Verhafteten im inneren Gefängnis des NKWD weder zum Waschen noch zum Haareschneiden oder Rasieren gebracht. Wahrscheinlich, weil die ursprünglich als republikanische Einrichtung konzipierte Residenz des jetzigen Volkskommissariats trotz ihrer Ausmaße wieder einmal hinter den Anforderungen des Lebens zurückgeblieben war. Die kleinen Duschen des Inneren konnten die sanitären Maßnahmen der heutigen Überlastung des Gefängnisses einfach nicht leisten.

Je weiter der Gefangene also vom Eingang entfernt saß, desto länger war sein Bart, desto struppiger sein Haar, und die Farbe seines Unterhemdes näherte sich desto mehr einem schmutzigen Braun.

Zeit ist der wichtigste Faktor der Folter, wenn man mit Haft gequält wird. Die Folgen der Folter verhalten sich proportional gegenüber der Zeit, wenn auch keineswegs in direkter Abhängigkeit. In den überfüllten Gefängniszellen waren jedoch die Neuankömmlinge aufgrund ihrer Nähe zum Kübel mit den Exkrementen am schlechtesten dran.

Während der Jahre der Zerrüttung hatte Rafail Lwowitsch oft Straßenkinder in öffentlichen Latrinen schlafen gesehen. Wenn er sich daran erinnerte, überkam ihn immer ein Gefühl von starkem Mitleid, gemischt mit Ekel. Aber jetzt hätte er seinen derzeitigen Platz am Kübel gern gegen eine Ecke in der Bahnhofslatrine getauscht. Dort stank es nach Karbol, aber die Luft war sauberer als hier. Zum Platz an der Gosse, der bei Straßenkindern beliebt war, kam kein Passant. Noch wichtiger war, dass die Übernachtungsgäste, wann immer sie wollten, ihre Kloake verlassen und an die frische Luft gehen konnten.

Der Gefangene, der beim Kübel sitzt, wird 24 Stunden am Tag gegen den Stinkeimer gedrückt. Der Deckel dieses Eimers wird bei Bedarf alle paar Minuten abgenommen, auch nachts. Der Gefangene wird oft mit dem Deckel angestoßen oder aus Ungeschick mit Füßen getreten. Obwohl Belokrinitskij mit dem Rücken zum Kübel saß, um wenigstens ein paar Zentimeter von der Quelle des beißenden Gestanks entfernt zu sein, war sein Verstand in den ersten Tagen oft getrübt. In seiner Abscheulichkeit war der Platz am Eimer mit den Exkrementen in der überfüllten Zelle nur mit dem Eiter des biblischen Hiob vergleichbar. Aber jeder, der sich in diesem Gefängnis befand, musste es durchstehen. Das Leben der Gefangenen war in all seinen Erscheinungsformen schmerzhaft und hässlich entstellt, zugleich äußerst aufreibend und zäh. Wie fast immer, wenn der menschliche Körper und die menschliche Psyche auf den Prüfstand hinsichtlich Ausdauer und Kraft gestellt werden, gingen die Grenzen dieser Eigenschaften weit über das hinaus, was man hätte erwarten können.

Hier begannen selbst die intellektuell Faulsten, intensiv zu denken. Viele lernten, die politische Realität mit der offiziellen Propaganda zu vergleichen und skeptisch zu überdenken, was sie vorher fast gedankenlos wahrzunehmen gewohnt waren. Dabei zogen sie immer wieder überraschende Schlüsse und machten überraschende Entdeckungen. Selbst die meisten Rechtgläubigen wurden hier von ihrer staatsbürgerlichen Infantilität und politischen Naivität geheilt.

Auf Rafail Lwowitschs Wangen wuchsen bisher nur relativ kurze Stoppeln, und sein Hemd mit den verfluchten Manschetten war bis jetzt nur grau. Aber er hatte auch viel gelernt, wovon er vorher keine Ahnung gehabt hatte. Er erfuhr jetzt, was die Schlagzeilen und Titelblätter der Zeitungen, die er zuvor gleichgültig überflogen hatte, bedeuteten. »In der Sowjetunion muss ein Gefängnis zum Gefängnis werden!« Er erinnerte sich daran, dass der frühere Volkskommissar für innere Angelegenheiten, Genrich Jagoda[13], der nach einem berühmten Prozess erschossen worden war, eines der größten Verbrechen angeklagt wurde, weil er angeblich Gefängnisse und Arbeitslager in Ferienheime für Volksfeinde verwandelt hatte. Jeschow[14], der Jagoda ablöste, versicherte dem Führer, dass er diese konterrevolutionären Machenschaften so schnell wie möglich beseitigen werde. Die Verhafteten konnten sich vergewissern, dass Stalins Kommissar nicht nur mit Worten um sich warf und die scharfrichterlichen Neuerungen schnell und vollständig umsetzte. Die ganze Serie dieser Neuerungen fügte den Qualen, die die mehrfache Überlastung der Gefängnisse mit sich bringt, nun neue hinzu.

Die Fenster der Zellen, in denen die Feinde des Volkes festgehalten wurden, waren mit Blenden verhängt, was Belokrinitskij in der Nacht seiner Verhaftung so erschreckt hatte. Als er diese eisernen Fensterläden vom Hof aus sah, entsetzte ihn der Gedanke, dass dahinter kaum Tageslicht sein konnte. Doch in der Zelle angekommen, gelangte Rafail Lwowitsch zu der Überzeugung, dass die Hauptsache nicht einmal die Verdunkelung der Zellen war, sondern die Verschlechterung der ohnehin schon schlechten Belüftung der überfüllten Gefängnisräume. Die Blenden verhinderten, auch wenn es windig war, dass die Außenluft die Oberlichter erreichte. Das innere Gefängnis befand sich in der Tat im Inneren, und alle seine Fenster waren auf einen nach allen Seiten hin geschlossenen Hof gerichtet, in dem die Luft unbewegt blieb, selbst wenn draußen der Sturm tobte. Bei kaltem Wetter fand noch ein gewisser Luftaustausch statt, aber bei warmem Wetter hörte er beinahe gänzlich auf. Die Gefangenen gaben der abscheulichen Erfindung der NKWD-Kerkermeister den Spitznamen »Jeschows Maulkorb«.

Die gepackt vollen Zellen mussten wahrscheinlich nicht einmal bei 40 Grad Frost geheizt werden. Aber die Zentralheizung blieb auch an warmen Frühlingstagen heiß. Die Zweiundzwanzig, wie wahrscheinlich alle anderen Zellen auch, bat den diensthabenden Gefängniswärter jeden Tag, die Heizung bei der Inspektion abzustellen. Doch der grinste nur – Hitze tut den Knochen nicht weh.

An sonnigen Tagen zeigte sich eine weitere Eigenschaft des Maulkorbs. Er wurde durch die direkte Sonneneinstrahlung sehr heiß und begann, die verdammte Heizung noch zu unterstützen.

Eine medizinische Versorgung für Kranke gab es praktisch nicht. Wenn sich ein Gefangener sehr schlecht fühlte, wurde er durch den Futterkasten – so hieß das

Fensterchen in der Tür – dem diensthabenden Aufseher gezeigt. Dieser entschied, ob ein Gefängnispfleger hinzugezogen werden sollte oder ob der Gefangene nur etwas vorspielte und dies nicht notwendig war. Der Krankenpfleger hier war ein junger Bursche, ein robuster rotfratziger Bourbone[15], unter dessen weißem Kittel die NKWD-Dreieckchen hervorlugten. Ohne die Zelle zu betreten, stellte der Gefängnis-Äskulap seine Diagnose und die Reaktion drauf über denselben Futterkasten. Wenn er einen Mann für krank befand, gab er ihm eine Pille, die dieser sofort in seiner und des Aufsehers Gegenwart zu schlucken hatte.

Das Brot für die Häftlinge wurde aus altem verfaulten Mehl gebacken. Um den starken Schimmelgeruch ein bisschen zu überdecken, wurde das Brot ausgiebig mit Kümmel gewürzt. In den ersten Tagen der Verhaftung konnte es fast kein Häftling essen. Dann aber forderte der Hunger seinen Tribut. Die tägliche Brotmenge betrug nur 400 Gramm. Zwei Stück Zucker zusätzlich zur Brotration, ein halber Liter leere Suppe und zwei Löffel Brei aus Gerstenhäcksel machten wenig aus. Nach einigen Tagen stellte sich ein Hungergefühl ein, das dann immer stärker und anhaltender wurde.

Aber noch schlimmer als der Hunger quälte der ständige Schlafmangel. Die Häftlinge wurden fast ausschließlich nachts verhört, in der Regel kurz nach dem Einschluss, wenn die abendliche Krabbelei mit der komplizierten Stapelung auf einem Drittel oder gar einem Viertel eines Quadratmeters Boden, der pro Person zur Verfügung stand, vorbei war. Um diese Zeit begann die intensivste Bewegung im Gefängnis. Der Futterkasten öffnete sich, und der Gangaufseher, der auf den Zettel blickte, sagte im Flüsterton: »Auf ›Me!‹« – oder auf »U«, auf »Re«, auf »Ka«, auf »Le« … Jeder, dessen Nachname mit dem entsprechenden Buchstaben anfing, musste sich melden, bis der Befehl: »Los gehts!« kam.

Dies geschah, um die Nachnamen der Gefangenen nicht im Flur nennen zu müssen. Denn sie konnten in den Nachbarzellen gehört werden. Die Gefängnisse, insbesondere die Untersuchungsgefängnisse, versuchen immer, das Wissen der Gefangenen über die Zusammensetzung der Population auf ein Minimum zu beschränken.

Die Einzigen, die durch solche Anrufe nicht wach wurden, waren diejenigen, die durch die Verhöre erschöpft waren oder deren Verfahren bereits abgeschlossen war. Die anderen befanden sich ständig in einem Zustand nervöser Anspannung und wurden durch das Klicken des Futterkastens wachgeschreckt. Aber auch diejenigen, die sich relativ ruhig verhielten, schafften es nur selten, Schlaf zu halten. Zum Verhör vorgeladen, vom Aufseher angetrieben, »grab dich nicht ein«, »beweg dich schneller«, war man meist nervös, in Eile, verheddert sich in den Kleidern, die man unter seinen Nachbarn hervorzog. Auf dem Weg zum Ausgang trat man auf die Liegengebliebenen, fiel sogar oft über sie. Mit ohrenbetäubendem Getöse schlug der Aufseher die Tür hinter dem herbeigerufenen Gefangenen zu, was tagsüber normalerweise nicht geschah. In der bereits aufgewühlten Zelle änderte das wenig, aber das Klappern und Scheppern weckte die Menschen in den Nachbarzellen auf, und das sollte wohl so sein. Erst gegen zwei Uhr nachts kehrte Ruhe ein. Aber dann kehrten die Leute von den Verhören zurück. Wieder schlug ohrenbetäubend die Tür, wieder traten die Männer auf die am Boden Liegenden ein, um an ihren Platz zu kommen. Sie kämpften mit ihren Nachbarn um den Platz, zogen sich aus, kramten herum, legten sich hin. Wieder herrschten nervöse Unruhe und allgemeine Aufregung.

Nun ging es hauptsächlich um die Frage, in welchem Zustand die Vernommenen von ihren Ermittlern zurückkehrten. Erreichte man seine Zelle von selbst oder wurde man von den Wärtern am Arm geschleift? Und wenn eine Person ihre Zelle alleine erreichte, ging sie dann direkt zu ihrem Platz oder spuckte sie Blut in den Kübel? Und stammte das Blut nur von einer aufgeplatzten Lippe? Es wurde festgestellt, dass die Heftigkeit und das Durchsetzungsvermögen der Ermittler nicht konstant blieben. Sie änderten sich von Zeit zu Zeit, offenbar auf allgemeinen Befehl. Schläge, Einsperren in Strafzellen, »Stand«[16] und »Förderbänder«[17] nahmen mal massives Ausmaß an und ließen mal wieder nach. Auch die Art der Druckmittel änderte sich. Mal kamen Schläge, mal Förderband an erster Stelle. Was nicht nur von den persönlichen Vorlieben und dem Charakter der Ermittler abzuhängen schien.

All dies ist sehr wichtig für diejenigen, deren Verfahren noch nicht abgeschlossen ist. Deshalb wurde fast jeder, der von einem Verhör zurückkam, gefragt: »Was ist, wie war's?« Die Einzigen, die nicht gefragt wurden, waren diejenigen, die sichtlich geprügelt worden oder von der Folter der Schlaflosigkeit niedergedrückt waren.

Das führte dazu, dass selbst diejenigen, die die ganze Nacht in ihrer Zelle blieben, nicht mehr als die Hälfte der für Schlaf zugewiesenen acht Stunden schliefen. Tagsüber war das Schlafen strengstens verboten. Die Überwachung der strikten Einhaltung dieser Regel war fast die Hauptaufgabe der Gangaufseher während des Tages.

In Filzstiefeln, die auf die Größe von Galoschen zugeschnitten über den Stiefeln getragen wurden, gehen sie geräuschlos zur Zellentür, ziehen ebenso geräuschlos die gut geölte Klappe des gläsernen Gucklochs auf und werfen alle paar Minuten einen Blick hinein.

Wer nach mehreren Nächten des Verhörs im Sitzen einschlief, konnte vom Wächter nach zwei oder drei Rufen aufgefordert werden, aufzustehen und sich nicht ohne seine Erlaubnis zu setzen. Abgesehen von der Demütigung, die eine solche Bestrafung mit sich brachte, war sie auch quälend. In einer überfüllten Zelle war es fast unmöglich, auch das Gewicht von einem Fuß auf den anderen zu verlagern. Viele hatten nach Wochen oder gar Monaten des bewegungslosen Sitzens fast verlernt, zu stehen. Ihre Beine wurden steif und knickten fast sofort ein. Es war unmöglich, sich einem Befehl des Aufsehers zu widersetzen: Der diensthabende Aufseher wurde ausgerufen, und harte Strafen wurden verhängt.

Früher wurde man für Verstöße gegen die Hausordnung und Streitigkeiten mit dem Aufseher in eine übliche Strafzelle gesteckt. Diese kleine Zelle befand sich im Keller, wo statt eines Bettes mit Matratze und Decke ein Holzregal mit Scharnieren, das tagsüber an die Wand geklappt wurde, als Bett diente. Doch die Perspektive, ohne Bettzeug zu schlafen, konnte nur die ehemaligen Häftlinge der Jagoda-Erholungsheime schrecken. Die Möglichkeit, auf einer vier Quadratmeter großen Fläche von einer Ecke in die andere zu gehen und sich auf den breiten, wenn auch kahlen Pritschen selig auszubreiten, konnte bei den Häftlingen der Jeschow-Periode durchaus Begehrlichkeiten wecken. Selbst eine Strafration von 300 Gramm Brot und einer Tasse kaltem Wasser für einen Tag konnte solche Begehrlichkeiten nicht neutralisieren. Deshalb wurden nun wirksamere Maßnahmen gegen die Straftäter ergriffen.

Die meiste Zeit wurden sie in einen »Sack« gesteckt. Das ist eine niedrige Nische in der Wand mit einer Blendtür und einer Querstange zum Sitzen, ähnlich wie die Boxen, in denen die Menschen, die gerade aus der Freiheit gekommen sind, darauf warten, durchsucht und in eine Zelle gesteckt zu werden. Aber wenn man in der Box auf einem recht breiten Querbalken sitzend müde wird, kann man aufstehen. Im Sack kann man nur stehen, wenn man sich in drei Biegungen bückt, weil er so niedrig und eng ist. Man muss sich darin auf eine runde, dünne Stange setzen. Diese Stange ist der ganze Sinn der Bestrafung mit dem Sack. Selbst diejenigen, die mehrere Nächte hintereinander im Büro des Ermittlers waren, können darauf nicht einschlafen. Allerdings verbringen sie in der Regel nicht mehr als zwei oder drei Stunden auf dieser Stange. Und die Anordnung, jemanden in den Sack zu stecken, wird meist halb offiziell, fast immer nur mündlich erteilt.

Wenn jemand auf Befehl des Gefängnisdirektors für

ein paar Tage in einer Strafzelle untergebracht wird, dann eigentlich immer in der »nassen« Zelle, die früher nur in Ausnahmefällen verwendet wurde. Es handelt sich dabei um eine Betongruft, durch deren Wände und Decke ständig von irgendwoher Wasser einsickert. Es bedeckt den Zellenboden komplett. Zum Schlafen dient im begossenen Keller ein Betonplattenbett, das sich nur leicht über den Boden erhebt.

Es gibt eine Zwangsjacke und selbstschließende Handschellen für diejenigen, die randalieren. Das »Hemd« ist eine Art Overall aus Segeltuch mit unglaublich langen Ärmeln und Beinen. Anders als in den Irrenanstalten wird es hier nicht zum Fesseln, sondern zum Foltern verwendet. Ein mit dem Folteroverall bekleideter Mann wird auf den Bauch gelegt, die Hose und die Ärmel des Anzugs werden ihm über den Rücken gezogen und die Hände mit den Fußsohlen zusammengeführt. In Abhängigkeit von der Fähigkeit einer Person, die unnatürliche Beugung der Wirbelsäule und den Grad der Zusammenziehung zu ertragen, kann eine Person, die einer solchen Folter ausgesetzt ist, nach Stunden oder bereits wenigen Minuten das Bewusstsein verlieren.

Die schnappenden Handschellen sind eine viel witzigere Erfindung. Sobald die gefesselte Person eine Bewegung mit ihren gefühllosen Händen macht und versucht, den Abstand zwischen den »Armbändern« zu vergrößern, verkürzt sich die Kette, die durch einen Ratschenmechanismus läuft. Und zwar umso mehr, je stärker die Bewegung ist. Verliert der Mann dagegen vor Schmerz die Fassung und beginnt zu reißen, zieht der schlaue Mechanismus seine Arme mit einer Kraft zusammen, die sie brechen kann. Der faulige Liberalismus der vor-jeschowschen Zeit in den NKWD-Gefängnissen war offenbar abgeschafft worden.

Das Wichtigste jedoch, was Rafail Lwowitsch hier lernte, betraf die Art und die Methoden der Ermittlungen in konterrevolutionären Fällen.

Im gewöhnlichen Sinn des Wortes gibt es jetzt überhaupt keine Ermittlungen mehr. Die Frage, ob eine vom NKWD verhaftete Person schuldig oder unschuldig ist, wird nicht einmal gestellt. Das Ziel der Verhöre ist nicht, die Wahrheit herauszufinden, sondern nur, vom Angeklagten ein volles Geständnis der ihm auferlegten Schuld zu erhalten.

Wenn der Verhörte sich böswillig weigert, vor den Behörden die Waffen zu strecken, können verschiedene Maßnahmen ergriffen werden: Schläge bis zur Ohnmacht, Brechen von Rippen, Herausschlagen von Zähnen, Zerdreschen von Nieren und Lungen – das sind manifeste Maßnahmen, ebenso wie die nasse Isolierzelle, das tagelange Zwingen zum »Stand«, vor allem das berühmte »Förderband« – die Folter des völligen Schlafentzugs. Der übliche Schlafmangel wird durch die nächtlichen Vorladungen zum Ermittler noch verstärkt. Manche, wie Kushnarjow, werden bis fast zum Morgen im Büro des Ermittlers behalten. Und doch gibt es hartnäckige Personen, die sich auch bei dieser Art der Verhöre unannehmbar lange den Ermittlungen widersetzen. Ihnen helfen die Momente des Schlummers, in die die Häftlinge im Lauf des Tages Dutzende Male fallen und die selbst die wachsamsten Aufseher nicht verhindern können. In diesem Fall – dies gilt jedoch nur unter besonderen Umständen – ist es möglich, die zu verhörende Person mehrere Tage lang gar nicht in die Zelle zurückzulassen. Neben dem Hauptermittler werden zwei oder drei weitere Assistenten, in der Regel junge Auszubildende, einer solchen hartnäckigen Person zugeordnet. Die Ermittlungsassistenten werden mit einem seltsamen Wort bezeichnet: Unterredner. Einander abwechselnd lassen die Unterredner den Mann nicht einmal eine Minute lang entschlummern. Sie stupsen ihn an, geben ihm einen Klaps auf die Wange, spritzen ihm Wasser ins Gesicht. Einige besonders eifrige verwenden sogar eine kurze, einen halben Zentimeter lange Ahle, mit der sie den unter Schlafentzug leidenden Mann von Zeit zu Zeit stechen. Und im Austausch für den Genuss des Schlafes bieten sie ihm an, eine Aussage zu machen. Natürlich eine solche, die der Ermittler braucht.

Es sind keine Fälle bekannt, in denen ein Mensch die Folter mit dem Förderband ausgehalten hat. Selbst die unnachgiebigsten Personen haben auf dem Förderband kapituliert. Häftling Panasjuk hat am fünften Tag des Förderbandes ein Geständnis unterschrieben, da er überzeugt war, dass das Erschießungskommando unmittelbar bevorstand.

Die zweite Phase der Untersuchung war die schmerzhafteste, da es nicht nur um die eigene Diffamierung, sondern auch um die Diffamierung von anderen, manchmal nahestehenden und geliebten Menschen ging. »Anwerben« bedeutete, bei Verhören die Namen von Personen zu nennen, die angeblich an konterrevolutionären

Aktivitäten beteiligt gewesen waren. Daher stammen auch die Begriffe »Anwerber« und sogar »Oberanwerber«. Die Vorsilbe »Ober-«, bedeutete natürlich, dass der Mann die Ermittlungen mit besonderem Eifer unterstützt, indem er Dutzende, in manchen Fällen sogar Hunderte rein unschuldiger Menschen benennt. Und doch gab es gar nicht so wenige »Oberanwerber«.

Rafail Lwowitsch beobachtete, wie der alte Doktor Chatschaturow, der sich selbst scherzhaft als Kammerarzt bezeichnete, seine tägliche Kontrollrunde machte. Hier hörte er den jungen Mann ab, indem er sein Ohr an dessen Brust und Rücken legte. Der Uniform nach zu urteilen, ist dieser Bursche ein ehemaliger Bahnarbeiter. Er kommt oft zu dem Kübel, hustet oder schluckt und spuckt rosa Speichel hinein. Der Anblick der schrecklichen jodfarbenen Blutergüsse mit lila Streifen, die sich fast ganz über die Seiten, den Rücken und die Brust zogen, jagte ihm trotz der Hitze in der Zelle einen eisigen Schauer über den Rücken.

Mit einem Seufzer und einem Schütteln seines grauen Kopfes ging der Doktor vom Bahnarbeiter zur vorderen Ecke zu dem älteren finsteren Mann. Es war Michailow, ein alter Sozialrevolutionär, der am längsten in dieser Zelle saß. Trotz der strengen Maßnahmen, die gegen ihn ergriffen wurden, hat der ehemalige S R immer noch kein Geständnis unterzeichnet, dass er der Organisator einer großen terroristischen Gruppe ist. Die Hände vor die Ohren gepresst, als ob er nichts hören wollte, schwankte Michailow langsam hin und her. Vor Kurzem war sein Trommelfell durch einen Faustschlag auf das Ohr zerplatzt.

Nun hat er ständig einen dumpfen Schmerz im Ohr und ein quälendes Gefühl von betäubendem Lärm. Der SR war klug, bissig und sehr hartnäckig. Sein Fall war kürzlich einem weiteren Ermittler übergeben worden, der drohte, ein strenges Förderband gegen den Feind, der seine Waffen nicht gestreckt hatte, einzusetzen.

Michailow drehte sich mit wütenden stechenden Augen zum Doktor um und sagte, ohne die Handfläche von den Ohren zu nehmen, etwas zu ihm. Belokrinitskij konnte nicht hören, was es war, aber offensichtlich etwas Böses, Spöttisches und wahrscheinlich zu Unrecht Beleidigendes, denn der Alte biss sich auf die Lippe und stoppte seine Runden.

* * *

Rafail Lwowitsch befand sich schon den dritten Tag in dieser Zelle. Er beobachtete, lauschte, dachte nach und erschauerte innerlich vor der düsteren Angst und dem Gefühl der Hoffnungslosigkeit, das ihn mehr und mehr ergriff.

Die Zellengenossen durften nur bei Bedarf und nur im Flüsterton miteinander sprechen. Bei der derzeitigen Überbelegung der Zellen war es für die Aufseher jedoch schwierig, auch diese Regel im Auge zu behalten, und so wurden halblaute Gespräche geführt. Sie fanden meist am Morgen statt, wenn man in der Zelle nach der Kälte der Nacht noch atmen konnte und wenn das ganztägige Sitzen in fast unveränderter Haltung noch nicht zu Schmerzen in den versteiften Gliedern geführt hatte.

Der alte Bolschewik Koschenko, Matrose vom »Po-temkin«[18], der unter dem Zaren zehn Jahre in der Nert-schinskaja Katorga[19] verbracht hatte und durch eine Schrapnellwunde an der Wirbelsäule bei der Eroberung von Perekop[20] gelähmt worden war, erzählte von einem weiteren Treffen mit dem Ermittler in der letzten Nacht. Der alte Potemkinist wurde, was selbst nach heutigen Maßstäben als äußerst dumm und ungeschickt galt, we-gen seiner Zugehörigkeit zu einer nationalistischen auf-ständischen Organisation festgenagelt. Diese Organisa-tion war vom NKWD erfunden worden, wie alle anderen auch; üblicherweise wurde sie aus verhafteten Bauern und Lehrern der ukrainischen nichttechnischen Intelli-genz komplettiert. Koschenko hingegen war Nachkomme eines Arbeiters. Er sprach langsam und mühsam und rieb sich ständig den Unterkiefer. Die Sprache des ehemaligen Matrosen erlahmte mehr als einmal, da die Folgen seiner alten Verletzung immer weiter fortschritten.

– Du, sagen sie, dort – in der Katorga – warst ein Provokateur ... Er weiß, Drecksack, dass es kein beleidi-genderes Wort für einen alten Untergrundkämpfer gibt. Scheint, sie wurden abgerichtet ... und er selber – ein Welpe, ein Judenbengelchen ... Dein Vater, sage ich, saß noch auf dem Topf, als wir die Flagge der ersten Revolu-tion auf den Zarenschiffen hissten.

– Und er?

– Quäkt sein »Prrr-rovokatör!« und springt mit geball-ten Fäusten auf ...

– Geschlagen?

– Nein ...

Koschenko saß nicht wie die anderen auf einem kleinen Fleck, sondern lehnte sich an die Wand und streckte die Beine aus. Das war sein bitteres Privileg. Sein gelähmtes Bein und die unbiegsame Wirbelsäule ließen keine andere Position für den Krüppel zu.

Neben ihm saß ein anderer alter Bolschewik, Lawrentjew, vor seiner Verhaftung Direktor einer ziemlich großen Fabrik. Im Versuch, so leise zu sprechen wie möglich, legte Lawrentjew seine äußerst gewagte Theorie über die Geschehnisse dar. Er erklärte sie damit, dass das jeschowsche NKWD, zumindest seine Führungsspitze, Verräter und Gestapo-Agenten seien. Sie beabsichtigten, den Sowjetstaat von innen heraus zu zerstören, indem sie seine führenden Kader auslöschten. In der Roten Armee werden alle erfahrenen und talentierten Kommandeure vom Bataillonskommandeur bis zum Marschall eliminiert, in der Industrie die führenden Köpfe vom Volkskommissar bis zum Schichtmeister, in der Wissenschaft vom Akademiker bis zum vielversprechenden jungen Doktoranden. Die Führung der Partei war auf der Ebene der Zentral- und Regionalkomitees nahezu vollständig vernichtet worden. Von den Führern auf Bezirksebene hatten nur wenige überlebt. Die Jeschowiten verschmähen auch die einfachen Parteimitglieder nicht, wenn sie politisch aktiv sind und von ihrem Umfeld respektiert werden. Und die alten Bolschewiki, die im vorrevolutionären Untergrund und im Bürgerkrieg aktiv waren, gibt es praktisch nicht mehr ...

– Sage ich nicht die Wahrheit, Genosse Koschenko? – Dieser nickte in bitterer Zustimmung mit seinem großen grauen Kopf.

Dennoch hatte Lawrentjew den Glauben an Stalin und an den unvermeidlichen Sieg der Wahrheit nicht verloren. Den Jeschowiten ist es gelungen, die Partei und fast unser ganzes Volk vor Stalin zu verleumden. Aber das ist nur ein vorübergehender Erfolg, die Verleumder werden unweigerlich und bald entlarvt werden. Dann werden Jeschow und alle seine Handlanger erschossen, und diejenigen, die bis dahin überlebt haben (auch die Jeschowiten können nicht alle bis zum Tod foltern und erschießen), werden freigelassen und freigesprochen. Deshalb – wir müssen durchhalten!

– Aber sie prügeln die Beweise heraus, – wandte jemand unsicher ein. – Wenn du dich sträubst, kommst du aufs Förderband.

– Auf dem Förderband ... rausprügeln ... – Michailow runzelte schmerzhaft die Stirn und bedeckte sein verwundetes Ohr mit der Handfläche. – Wenn sie für jeden Verhafteten so viel Zeit und Mühe aufwenden müssten, wie für ihn zum Beispiel oder diesen Bahnarbeiterburschen, würden sie nie etwas erreichen. Aber sie wissen, mit wem sie es zu tun haben. Fast jeder singt, wirbt an, und die Lawine der Verhaftungen rollt wie ein Schneeball. Diese Lawine hat Stalin wahrscheinlich selbst ausgelöst, aber es ist nicht sicher, dass er sie auch aufhalten kann. Alle seine erfahrenen Kommissare hat der bolschewistische Diktator fast ohne Ausnahme weggemetzelt und muss nun mit den Kriechern und Trotteln arbeiten, die sie ersetzt haben. Wer ständig alle betrügt, verfällt unweigerlich in ein manisches Misstrauen gegenüber allen. Die triumphalen Lügen, die die Bolschewiki verbreitet haben, werden letztendlich die Ursache für den Untergang ihres Regimes sein. Ab dafür, nur schade, dass Russland zusammen mit Stalins und Jeschows Schergen untergehen wird ...

Der Schmerz in seinem Ohr veranlasste Michailow, die Worte langsam und mit Abstand auszusprechen, wodurch sie noch ausdrucksstärker wurden.

In der Zelle war ein weiterer Theoretiker, ein alter Bahnwärter. Er glaubte, dass die Massenverhaftungen nur ein Mittel waren, um kostenlose Arbeitskräfte für das Graben von Kanälen und das Verlegen von Eisenbahnstrecken durch das Dickicht der Taiga zu bekommen. Der Bahnwärter selbst hatte ohne großen Widerstand – er wäre sowieso dazu gezwungen worden! – gestanden, dass er Mitglied einer Eisenbahnsabotage-Organisation war, in deren Auftrag er, indem er die Schienen in den Kurven der Strecke mit Schmalz bestrich, Züge zum Entgleisen gebracht hatte.

Rafail Lwowitschs Kopf platzte vor quälenden Gedanken. Was für ein Erdarbeiter könnte der Ingenieur Belokrinitskij sein? Die härteste körperliche Arbeit seines Lebens bestand aus dem Gebrauch von Schraubenziehern und Zangen. Als Erfinder und Konstrukteur hatte Belokrinitskij manchmal mehrere Tausend Kilowatt Energieleistung zusätzlich eingebracht. Als Kuli auf der Baustelle eines Kanals würde er die Energieleistung des sowjetischen Staates um kaum mehr als das Zwanzigstel einer Pferdestärke steigern können.

* * *

Der wohlwollende Nachbar, der Rafail Lwowitsch in seinen ersten Stunden in der Zelle beraten hatte, blieb auch jetzt sein Ratgeber. Die Annäherung zwischen Belokrinitskij und Sawin wurde dadurch, dass sie fast Kollegen waren, erleichtert. Pjotr Michailowitsch war Spezialist für die Konstruktion elektrischer Maschinen. Jeder von ihnen kannte den anderen schon, obwohl sie sich nie begegnet waren.

Das Verfahren gegen den ehemaligen Konstrukteur näherte sich dem Ende. In mehreren kurzen Verhören hatte er sich der Zugehörigkeit zu einer Sabotageorganisation für schuldig bekannt, obwohl er weder geschlagen noch mit anderen Zwangsmitteln behandelt worden war. Über die Ergebnisse der Ermittlungen sprach Pjotr Michailowitsch sogar mit einem Hauch von Stolz, wie ein Diplomat, der den Feind durch die eigene Kapitulation zu erträglichen Bedingungen gedrängt hatte. Es war ihm gelungen, nicht nur das Förderband, sondern auch das übliche Schlagen abzuwenden, ohne jemanden anwerben zu müssen.

Tatsache ist, dass die Bereitschaft, zuzugeben, Mitglied einer konterrevolutionären Verschwörung zu sein, nicht vor Schreien und Ohrfeigen schützt. Man muss genau erraten, in welche Organisation man, nach der Anwerbung von irgendwem, eingetreten ist.

– Wie ist das möglich, – fragte Rafail Lwowitsch, der aufmerksam zuhörte, – wenn man nicht einmal weiß, welche Organisationen es gibt?

– Genau das ist gar nicht so schwer. Alle vom NKWD erfundenen geheimen Organisationen haben keine eigenen Namen oder verschlüsselte Bezeichnungen, sondern nur sehr allgemeine Titel, die mit ihrem Zweck und Charakter zusammenhängen: sabotierende, nationalistische, aufständische, trotzkistisch-bucharinistische und so weiter. Wenn du ein technischer Spezialist bist, dann bist du bestimmt ein Saboteur. Der Alte dort drüben mit dem Saporoger-Schnurrbart und dem bestickten Hemd wird mit Sicherheit als ukrainischer Aufständischer abgestempelt, und der Chinese, der auf der Straße »Udiudi«[21] verkauft hat, wird wegen Spionage zugunsten Japans festgenagelt werden.

– Um die Untersuchung so schmerzlos wie möglich zu gestalten, – flößte ihm der Mentor ein – ist es auch wichtig, Ihren Anwerber, die Person, die Sie ins Gefängnis gebracht hat, zu identifizieren. Sie sollten nie hoffen, dass der Ermittler Ihnen deren Namen vorsagt.

– Aber es ist völlig unmöglich zu erraten, wer dich benannt hat! Der Anwerber könnte jeder sein, der vor dir verhaftet wurde und dich nur halbwegs kennt ...

– Das ist nicht ganz so. Auch hier gibt es ein System ... Fehler sind möglich, kommen aber nicht so oft vor, – fuhr Sawin mit seiner Erklärung fort. – Normalerweise wirbt man jemanden von den Kollegen an, und zwar fast immer in absteigender Reihenfolge. Vom ranghöchsten bis zum niedrigsten. Manchmal auf der eigenen Ebene, aber fast nie auf der obersten. Warum ist das so? Offenbar hat der NKWD das so beschlossen. Und zwar auch zu unserer eigenen Bequemlichkeit ... Die einzigen Ausnahmen sind Fälle von Massenanwerbungen. Alle polnischen Gläubigen in unserer Stadt wurden vom Pfarrer der örtlichen Kirche angeworben. Aber das ist ein etwas besonderer Fall. Wir haben es hier mit einer Komödie zu tun, die nach den unerbittlichen Gesetzen ihres Genres gespielt wird ...

– Können Sie mir sagen, wer zum Beispiel mich angeworben hat?

– Das ist sogar ganz einfach. Welcher Ihrer Vorgesetzten ist vor Ihnen verhaftet worden?

– Der Betriebsleiter.

– Und wann war das?

– Etwa drei Wochen vor meiner Verhaftung.

– Und wer wurde danach noch in Ihrem Verbund verhaftet?

– Die beiden Direktoren des Wasserkraftwerks ein paar Tage vor mir.

– Sie können sicher sein, dass der Betriebsleiter Sie und diese Direktoren ins Gefängnis gebracht hat. Das ist die bereits fertige Antwort auf die Frage: »Wer hat Sie angeworben?«

Konnte ein so prinzipientreuer und ehrlicher Mann wie Mironow zum Anwerber werden? Und sogar seinen Chefingenieur verleumden, den er immer so geschätzt und ständig gegen die Angriffe der Wachsamen verteidigt hatte ohne Rücksicht auf die möglichen Folgen für ihn selbst! Möchte man nicht glauben.

Pjotr Michailowitsch zuckte verständnisvoll mit den Schultern:

– Das macht heute fast jeder, der beim NKWD landet, sogar die Besten der Besten. Sie werden sowieso gezwungen sein, die Sabotage zu gestehen, und die Frage »Durch wen waren Sie beteiligt?« sollte mit »durch Mironow« beantwortet sein. Dann wird alles ruhig und friedlich ...

– Aber auf die ersten beiden Fragen wird eine dritte folgen. Sie werden fragen, wen ich geworben habe.

– Auf jeden Fall. Da muss man ein Höchstmaß an Intelligenz und Charakterfestigkeit zeigen. Ich habe niemanden außer mir selbst verpfiffen ...

– Haben Sie das Förderband überstanden? – fragte Belokrinitskij ein wenig spöttisch.

– Was hat das Förderband damit zu tun? Als ich gefragt wurde, wen ich denn auf den Pfad der Sabotage gebracht habe, sagte ich: niemanden. Ich habe den Eindruck, dass es überall nur Schwätzer und Anscheißer gibt ...

– Haben sie es gleich geglaubt?

– Nein, nicht sofort. Es ging nicht ohne Schreien und Fluchen. Aber bald ließen sie mich.

– Aber manche Leute werden mit allen Mitteln zur Werbung gezwungen. Panasjuk, zum Beispiel ...

– Also ja, einige ... Wenn der NKWD gerade beginnt, eine weitere Organisation aufzubauen oder eine bestimmte Person als »Mittelpunktler« braucht, ist es natürlich fast unmöglich, sich die Anwerbung vom Hals zu schaffen. In diese Lage kommt man jedoch nicht so oft. Den meisten Festgenommenen wird die obligatorische Frage nach der Anwerbung als reine Formalität gestellt. Folgt darauf eine positive Antwort, werden die Dienste eines halb freiwilligen Anwerbers natürlich nicht abgelehnt. Nun also hier gilt es zu überlegen: Braucht man dich jetzt wirklich für die Ermittlungen, und wenn ja in welcher Funktion?

Pjotr Michailowitsch arbeitete in einem KB[22], das einen halben Monat nach der Verhaftung seines Leiters gesäubert worden war. Nichts war leichter, als die Art seiner konterrevolutionären Aktivitäten und seinen Anwerber zu erraten. Es war auch nicht schwer zu verstehen, dass das zerschlagene Konstruktionsbüro keinen zweiten Anwerber brauchte. Mit dieser Schlussfolgerung lag Sawin richtig. Der Ermittler brüllte ihn anstandshalber nur eine halbe Stunde lang an und ließ ihn dann in Ruhe. Sie würden auch Rafail Lwowitsch in Ruhe lassen. Schließlich ist er im Vergleich zum Hauptanwerber Mironow nicht mehr als eine schlechte Zweitbesetzung. Aber man darf nicht vergessen, dass die Anwerber, selbst die kleinen, abgesehen von der Erkenntnis ihrer Niederträchtigkeit – das ist die innere Angelegenheit eines jeden –, mehr als alle anderen riskieren, erschossen zu werden. Schließlich werden mit ihrem Verschwinden die Fäden durchtrennt, mit denen man die schmutzigen Taten des heutigen NKWD eines Tages aufdröseln könnte.

Für fiktive Verbrechen sollte man nicht mehr als zehn Jahre Haftdauer erfinden. Andernfalls könnte man, wenn nicht für ein Erschießungskommando, so doch für die Einweisung in ein besonderes Lager oder für spezielle Anweisungen für deine Person Gründe finden. Pjotr Michailowitsch wusste von irgendwoher über solche Dinge Bescheid.

Er stimmte Lawrentjew dahingehend zu, dass sich die oberste Regierung früher oder später mit den Aktivitäten des derzeitigen NKWD befassen würde und dass es bis dahin notwendig sei, zu überleben. Die Behauptung jedoch, die NKWD-Halunken seien Gestapo-Agenten, hielt er für Unsinn. Volkskommissar Jeschow ist nur ein fanatischer Narr, der kretinöse Drecksäue und sadistische Banditen in seinem Kommissariat versammelt hat. Und diese bauen vorläufig Mist – einige schießen über die Vernunft hinaus, andere befriedigen ihren menschenhassenden Geist ...

Was sagt man dazu, wenn irgendein Sackgesicht das ganze Land auf den Kopf stellt! Bei dem Gedanken an Jeschow verflüchtigte sich Pjotr Michailowitschs ganze Selbstzufriedenheit.

– Haben Sie bemerkt, – sagte er zu Rafail Lwowitsch, – dass der Volkskommissar nie auf Fotos mit anderen erscheint? Das ist so, damit man nicht sieht, wie klein er ist! Der glorreiche Erbe von Feliks Dzierżyński[23], noch auf den retuschierten Porträts hat er die Fresse eines Kastraten ... verdammte Missgeburt, eunuchenartiger Zwerg! – Diesen medizinischen Begriff hatte Pjotr Michailowitsch einmal gelesen, und nun erschien er ihm als schändlicher Spitzname für den verhassten obersten Henker sehr passend. Und Sawin beschloss seine Ermahnungen für Rafail Lwowitsch mit der Empfehlung, ernsthaft über sie nachzudenken.

Und Rafail Lwowitsch dachte nach. Bis der Kopfschmerz kam, bis zur Verblödung. Aber er konnte zu keiner endgültigen Entscheidung kommen. Die versöhnliche Logik der Überlegungen und Schlussfolgerungen von Pjotr Michailowitsch stieß auf unwiderstehlichen inneren Protest. Und zwar nicht nur moralisch, sondern auch logisch.

Es war klar: Die heutigen Ermittler des NKWD, wie wahrscheinlich auch die Richter und Staatsanwälte, die Staatsverbrechen verfolgen, sind nur Schauspieler, die eine düstere und henkerische Komödie nach irgendjemandes Drehbuch aufführen. Der Zweck der Komödie ist selbst den Schauspielern unbekannt, aber sie können nicht vom Drehbuch abweichen, ohne ihren Kopf zu riskieren. Deshalb, so ging die Überlegung von Leuten wie Pjotr Michailowitsch, müssen auch die gezwungenen Schauspieler dieser schmutzigen Farce mit einer vorher festgelegten und auswendig gelernten Rolle ins Spiel kommen. Dies wird durch das Prinzip der geringsten Kosten diktiert.

Sind sie wirklich die geringsten? Schließlich geht es ja jedem selbst um die Logik und Plausibilität der eigenen falschen Geständnisse. Und das alles nur, um den aufgeblasenen Fall so schnell und schmerzlos wie möglich mit einer Verurteilung und der Verbannung in ein Lager abzuschließen.

Und was ist danach, wenn sich die Vorhersagen der Optimisten bewahrheiten und die Dinge sich rückwärts zu entwickeln beginnen? Wie kannst du beweisen, dass der Fall eine Fälschung ist und dass du kein Saboteur, sondern nur ein Feigling bist, der sich unter Androhung einer Ohrfeige selbst belastet hat? Schließlich wäre es selbst mit der wohlwollendsten Einstellung gegenüber dem Verurteilten unerhört schwierig, einem solchen Fall auf den Grund zu gehen. Würden die heutigen Vertreter eines vernünftigen Verhaltens bei den Ermittlungen nicht die wenigen beneiden, die jetzt unverblümt heldenhaft an ihren Prinzipien festhalten? Das sind jedoch nur äußerst wenige. Und es ist unwahrscheinlich, dass einer dieser standhaften Menschen bessere Zeiten erleben wird.

Eine Woche bevor Belokrinitskij in der Zelle erschien, war dort ein älterer Lehrer namens Babitsch nach einer viehischen Prügelei im Büro des Ermittlers gestorben. Allerdings konstatierte Doktor Chatschaturow, der bei dem Sterbenden anwesend war, Tod an gebrochenem Herzen. Er entdeckte aber auch zwei gebrochene Rippen bei dem Verprügelten, und es war für jeden offensichtlich, dass der alte kranke Mann erschlagen worden war. Babitschs Name in der Zweiundzwanzigsten wurde zu einer Art Symbol für die Aussichtslosigkeit, sich den Schikanen der Ermittler zu widersetzen.

Dem jungen Bahnarbeiter ging es schlimm. Er hustete immer mehr und schmerzhafter und spuckte immer öfter Blut.

Die meisten, die bereits alles unterschrieben hatten, überredeten die, die noch nicht kapituliert hatten, das Gleiche zu tun. Der Grund dafür war nicht nur der Wunsch, einen guten Rat zu geben, sondern auch das – oft unbewusste – Bedürfnis, einen lebenden Vorwurf, ein Objekt schmerzhaften, wenn auch verborgenen Neids zu beseitigen. Dieses Gefühl tauchte merkwürdigerweise bei fast allen Gebrochenen auf.

Für viele, die in den überfüllten Zellen des Inneren schmachteten, schienen die Arbeitslager nun etwas wie das Gelobte Land zu sein. Das Leben in den Baracken erschien den Gefangenen wie Glückseligkeit. Dort kann man vielleicht auf dem Rücken liegen, sich frei auf die

Seite drehen, wenn man will, zwischen den Pritschen umhergehen ... und die Möglichkeit, jeden Tag an der frischen Luft zu sein, sie einzuatmen! Oder genauer gesagt, sie zu trinken, diese Luft! Einigen schien es, dass – sollten sie jemals das Recht erhalten, einfach nur tief durchzuatmen – dies eine immerwährende Quelle der Lebensfreude wäre. Und die Möglichkeit, den Himmel zu sehen, die Sonne? Immerhin gibt es sie sogar über dem Polarkreis. Und was ist mit dem Grün? Sei es auch das Grün von Moor oder Tundra-Moos!

Die Ermittler hielten bei den Verhafteten eine naive Idealisierung der Lager aufrecht. Sie erinnerten sie beharrlich daran, dass jedes Verbrechen durch ehrliche Arbeit in einem Arbeitslager wettgemacht werden kann. Diese Möglichkeit bestand vor allem für technische Spezialisten. Wer kennt nicht Professor Ramsin und seine Industriepartei[24]? Alle ehemaligen Mitglieder dieser Sabotageorganisation bekleiden heute vertraulich-technische Positionen. Das liegt daran, dass die ehemaligen Saboteure ihre Verbrechen erkannt haben und bereit sind, sie durch selbstlose Arbeit zu sühnen. Jeder hat in der letzten Zeit in den Zeitungen lange Reihen von Fotos der ehemaligen Häftlinge vom Bau des Moskau-Wolga-Kanals gesehen, die nicht nur vorzeitig entlassen wurden, sondern auch Orden für tapfere Arbeit erhalten haben.

In allen Kinos lief ein Film mit dem Titel *Gefangene*, der auf dem Stück *Die Aristokraten* basierte, das in den Theatern beinahe obligatorisch war[25]. Jeder kann sehen, dass das Leben in den weit entfernten Arbeitslagern hart ist, aber keineswegs hoffnungslos für diejenigen, die die

Arbeit lieben und sie ihrem Heimatland zurückgeben wollen.

Die Ermittler deuteten auch an, dass der NKWD die Dienste nicht vergaß.

Die Lebensaussichten derjenigen, die den Weg der Unterstützung der Ermittlungsbehörden eingeschlagen haben, sind nahezu rosig. Aber wehe denjenigen, die hartnäckig bleiben. Für sie wird es keine Gnade geben!

Für den Moment – die Kloake der Zelle. Sitzen, ein Pfund verrottetes Brot und der Bruchteil eines Quadratmeters Zementboden macht uns nichts aus! Aber dann, dann werden unweigerlich härtere Maßnahmen ergriffen werden. Und dennoch, nach einer zerdroschenen Lunge, einem nassen Karzer oder nach dem Förderband wirst du ein Geständnis unterschreiben – in diesem Fall wechseln die Ermittler immer zu »dir« – und in dieselben Lager geschickt werden. Nur diesmal für die Höchstdauer und mit Sonderanweisungen, ohne Hoffnung, jemals wieder herauszukommen. Man konnte diejenigen nur beneiden, für die der NKWD sieben Kopeken, den Preis einer Kugel, erübrigte! Es wurde deutlich gemacht, dass es drei Wege nach draußen gab – in ein mit Chlor beschüttetes Grab, in ein Arbeitslager und in ein Haftirrenhaus. Einen vierten gibt es nicht! Die Hoffnung, aus einem sowjetischen politischen Gefängnis nach Hause zurückzukehren, sollte als vollkommen chimärisch aus dem Kopf verbannt werden – DAS NKWD IRRT SICH NIE!

Daraus ergab sich, dass die Hauptaufgabe der Verhafteten nun darin besteht, die Zeit der Jeschow-Untersuchung mit ihren physischen und moralischen Qualen zu überstehen. Um das zu ermöglichen, kann man der Ermittlung auch gezwungenermaßen zustimmen und sogar mit seinem eigenen Gewissen einen Kompromiss schließen – was auch nur vorübergehend der Fall sein sollte.

Einige wollten keine Kompromisse eingehen, sondern zogen es vor, wie Michailow es ausdrückte, bis zum Tod zu kämpfen. Aber für Leute wie diesen Michailow war der Widerstand gegen die Schikanen der Lakaien von Stalins Schranze, wie er die derzeitigen Ermittler des NKWD nannte, die Frage eines sektiererischen Prinzips, fast ein Selbstzweck. Im Heldentum solcher Menschen steckt auch ein Hazard-Element des Spiels »Wer wen«[26]. Dem prahlerischen Selbstbewusstsein seiner Henker stellte Michailow die Verhärtung und Sturheit eines politischen Sektierers gegenüber.

Die mutige Hartnäckigkeit des jungen Bahnarbeiters hatte nichts mit Hazard oder Sektierertum zu tun, er verhielt sich einfach, wie es sich für einen entschlossenen und innerlich ehrlichen Mann gehört. Aber sowohl der Bahnarbeiter als auch der ehemalige SR waren sich bewusst, dass ihr Geständnis ein Todesurteil nach sich ziehen würde. Aus Michailow sollte ein Mittelpunktler der rechten SR-Organisation werden, und von dem früheren Weichensteller wurde verlangt, dass er seinen Fehler beim Verstellen der Weiche, der in der Tat beinahe eine große Katastrophe verursacht hätte, gesteht.

Anders war die Geschichte des höchst freundlichen Doktors Chatschaturow. Diese Geschichte wurde anfangs fast als humoristisch empfunden. Der sanftmütige Intellektuelle der alten Schule war schon zu Tode erschrocken, als er bei seinem ersten Verhör von einem Ermittler angegriffen wurde.

– Du Daschnak![27] – schrie, reichlich mit Schimpfworten seine Rede würzend und mit den Fäusten vor Armen Grigorjewitschs Nase herumfuchtelnd, ein junger Mann mit NKWD-Schwertern am Ärmel. – Wir wissen alles!

Chatschaturow hatte von den Daschnaken gehört, und das war es. Er hatte nur in den ersten Jahren seines Lebens in Armenien gelebt. Danach besuchte er seine Heimat nur noch in den Ferien, und selbst die armenische Sprache hatte er fast vergessen.

Die gleiche unklare Vorstellung von den Daschnaken hatte auch sein Ermittler. Allerdings hatte er den Auftrag, eine konterrevolutionäre Organisation der örtlichen Armenier in der Stadt aufzudecken. Vertreter dieser Ethnie in nicht-armenischen Städten wurden von irgendwem und aus irgendeinem Grund fast ausschließlich zur Verbannung in Lager verurteilt.

Die erfundenen konterrevolutionären Organisationen nationaler Gruppen mussten zumindest in ihrem Namen eine entsprechende nationale Konnotation aufweisen. Daraus entstand die »Daschnakzutjun«. Die örtliche Filiale dieser Organisation musste natürlich auch ein geheimes Zentrum haben, das sich aus angesehenen Armeniern zusammensetzte. Zu einem solchen Zentrum sollte auch Doktor Chatschaturow gehören. Er war Gründer der örtlichen armenischen Poliklinik, viele Jahre lang ihr Chefarzt und genoss bei der armenischen Bevölkerung der Stadt Ruhm und Ansehen.

Von Beleidigungen und Drohungen geschockt, willigte

Armen Grigorjewitsch sofort ein, alles zu unterschreiben, was von ihm verlangt wurde. Sogar die Tatsache, dass er einer der wichtigsten Führer der Daschnakzutjun-Organisation in der Stadt war. Aber was die Entstehungsgeschichte dieser Organisation, ihr politisches Programm, ihre Verbindungen und andere Dinge angeht, so kann er diese Fragen in keiner Weise beantworten. Ganz einfach, weil er nicht die geringste Ahnung von den modernen Daschnaken hat. In der Vergangenheit hatten sie, soweit er wusste, gegen die Türken im türkischen Armenien agiert. Dann schienen sie sich gegen die Errichtung der Sowjetherrschaft in Russisch-Armenien gewehrt zu haben. Aber dann, bei Gott, hatte er nie mehr von ihnen gehört. Wenn der Ermittler ihm wenigstens andeutungsweise mitgeteilt hätte, was er in dieser Angelegenheit beweisen solle, hätte er gerne ...

Der Ermittler schlug daraufhin mit der Faust auf den Tisch. Nur politische Prostituierte wie Chatschaturow würden, gemessen an ihrem eigenen niederträchtigen Maßstab, die sowjetische Ermittlung verdächtigen, einem Vernommenen eine vorbereitete Aussage unterschieben zu können. Spickzettel kommen nicht infrage! Und das enttarnte Mitglied des Daschnak-Zentrums soll sich nicht scheuen, eine echte Aussage zu machen. Spätestens morgen muss er den Ermittlern schriftlich das politische Programm der modernen Daschnaken und die wichtigsten praktischen Absichten ihrer örtlichen Organisation darlegen! Übrigens ist dies auch zu seinem eigenen, Chatschaturows, Vorteil notwendig. Ein volles Geständnis würde sein Schicksal abmildern.

Der Ermittler gab Armen Grigorjewitsch drei leere Blatt Papier und einen Bleistift. Als er seinen Gefangenen in die Zelle zurückschickte, warnte er ihn, dass er ihn morgen Abend wieder vorladen würde. Wenn bis dahin das Daschnak-Programm nicht geschrieben sei, würden die Burschen von der Korpswache mit dem Doktor Fußball spielen. Er wird an diesem Spiel natürlich als Ball teilnehmen.

Der Doktor war verzweifelt und schlief in dieser Nacht kaum. Am Morgen sagte er in der Zelle, wenn ihm niemand in seiner Not helfen würde, dann wäre er verloren. Aber die Welt ist nicht ohne gute Menschen. Neben Armen Grigorjewitsch saß ein Journalist, der ehemalige Herausgeber der Hauptzeitung der Stadt. Der Herausgeber hatte längere Zeit im Kaukasus gelebt und wusste etwas über die Bewegung der armenischen Nationalisten. Vor allem aber beherrschte der Zeitungsmann die politische Phraseologie perfekt. Für eine Tagesration Brot verfasste er für den Doktor ein ausgezeichnetes Programm der Daschnakzutjun, in dem er ihre politische Plattform, Ziele und Mittel erfand. Hier war auch »die Ausrichtung auf zahlreiche antisowjetische Elemente in der armenischen Bevölkerung« und die Herstellung politischer Beziehungen zur Türkei und die Propagierung eines bourgeoisen Nationalismus zu finden. All dies war natürlich notwendig, um Armenien von der Sowjetunion loszureißen und unter dem Protektorat der Türkei einen Marionettenstaat mit einem profaschistischen Regierungsstil zu schaffen. Das wichtigste Mittel, um diese Ziele zu erreichen, so das Programm, sei die Beibehaltung der Daschnakzutjun und ihrer lokalen Filiale für traditionellen Terror. Doch der Schwerpunkt der terroristischen Aktivitäten sollte sich nun gegen die Führer der bolschewistischen Partei und der sowjetischen Regierung richten. Neben den traditionellen Mitteln des politischen Kampfes, hieß es weiter, sollten armenische Nationalisten in der gegenwärtigen Situation nicht davor zurückschrecken, für das Ausland zu spionieren, insbesondere natürlich für die von ihnen geliebte Türkei. Dem Autor des possenhaften Programms konnte nicht entgangen sein, dass die längst aufgelöste Daschnakzutjun eine antitürkische Organisation war. Aber er war sicher, dass es, da die Spionage zugunsten der Türkei nun auf alle recht zahlreichen Türken in der Union abgewälzt wurde, für eine halbgebildete und gewissenlose Ermittlung durchaus zufriedenstellend wäre, wenn die lokalen Daschnaken es auf sich nehmen würden, für die Türkei zu spionieren, trotz der vielen Tausende von Werst[28], die sie von allen Grenzen trennen.

Und er irrte sich nicht. Das Programm hatte bei dem Ermittler solchen Erfolg gehabt, dass er seinen Zorn sofort gegen Gnade tauschte und Chatschaturow sogar mit »Sie« und seinem Vor- und Vatersnamen ansprach, ihm erlaubte, seine Frau zu sehen und ein Paket von ihr zu erhalten. Für ein inneres Gefängnis war dies ein sehr seltenes Ereignis. Armen Grigorjewitsch teilte sein hausgemachtes Essen großzügig mit der ganzen Zelle. Gut die Hälfte davon schenkte er dem akribischen Redakteur. Als er sich nach drei Wochen Hungers sattgegessen hatte, vom Ermittler verwöhnt worden war und seine alte Dame, wenn auch nur durch die Gitterstäbe hindurch, gesehen hatte, dachte der Doktor, dass nun alles gut werden würde und dass der Teufel wirklich nicht so schrecklich war, wie man ihn malte.

Bald jedoch schlug derselbe Ermittler Chatschaturow vor, ihm eine vollständige Liste der örtlichen Daschnakzutjun-Organisation zu übergeben.

Erst jetzt wurde dem kurzsichtigen und gutmütigen alten Mann klar, was ihm bevorstand. Er versuchte sogar, seine frühere Aussage zu widerrufen, indem er sagte, dass alles, was er hier geschrieben hat, reiner Unsinn sei. Aber das Gesicht des Ermittlers war so fürchterlich, als er hinter seinem Schreibtisch hervorkroch und bellte: »Willst du mit uns Scherze treiben, du politische Schl...?« – dass Armen Grigorjewitsch sofort begann, eine lange Reihe von Namen auf das vor ihm liegende Blatt Papier zu schreiben. Es handelte sich zumeist um armenisches medizinisches Personal, Chatschaturows Kollegen aus der Poliklinik.

Es gab nicht viele Besonnene und Scharfsinnige unter ihnen. Die meisten leisteten wenig intelligenten, nutzlosen Widerstand gegen die Ermittlungen. Sie mussten zusätzlich durch Schläge und Gegenüberstellungen mit Chatschaturow gebändigt werden. Er wurde fast jeden Tag zu diesen Treffen geschleppt. Sie fanden fast ausschließlich tagsüber statt und dauerten nur wenige Minuten, aber für den alten Arzt waren sie eine unerträgliche moralische Folter. Armen Grigorjewitsch hörte fast auf zu essen, verlor seine frühere Wortgewandtheit und Gutmütigkeit und saß den ganzen Tag düster und schweigend da. Nachts tobte und schluchzte er oft im Schlaf. Chatschaturow litt besonders darunter, dass er enge und vertraute

Personen »entlarven« musste. Eine Zeit lang versuchte er, den Bruder seiner Frau, ebenfalls Arzt und enger Freund von Armen Grigorjewitsch, nicht in seine Liste aufzunehmen. Dieses Versäumnis wurde jedoch bald vom Ermittler bemerkt. Der in böser Absicht ertappte Anwerber rebellierte und bekam sogar so etwas wie einen kleinen Wutanfall im Büro des Ermittlers. Doch nach einer dicken Beschimpfung in Richtung politischer Prostituierter und ein paar leichten Ohrfeigen wurde der Schwager von Chatschaturow auf die Daschnak-Liste gesetzt.

Armen Grigorjewitsch wartete auf eine Gegenüberstellung mit diesem Mann wie auf eine Hinrichtung. Als er danach in die Zelle zurückkehrte, machte er sich auf den Weg zu seinem Platz, wobei er die Luft vor sich wie ein Blinder abtastete. Als er sich hinsetzte und mit glasigen Augen durch die gegenüberliegende Wand schaute, konnte jeder den grauen, im Gefängnis gewachsenen Bart des alten Mannes sehen, den Blut rötete. Große Tränen zitterten darin. Damals wurde er nichts gefragt, aber später kam alles ans Licht. Bei der Gegenüberstellung sprang Armen Grigorjewitschs Schwager plötzlich von seinem Stuhl auf, schrie »Judas!« und schlug Chatschaturow hart ins Gesicht. Der Schwager wurde in die Strafzelle gesteckt. Nun beneidete der Doktor aber nicht nur ihn, sondern sogar den evangelischen Judas, der wenigstens die innere Kraft und die Mittel gehabt hatte, sich von den moralischen Qualen zu befreien, die ihn zerrissen. Armen Grigorjewitsch hatte nichts von alledem.

* * *

Die Tage vergingen, und mit jedem Tag stieg die Wahrscheinlichkeit einer Vorladung zum Verhör. Noch immer fiel Rafail Lwowitsch nichts ein, was er der erdrückenden Lüge entgegenzusetzen hatte, die jeden Moment auf ihn einstürzen konnte. Der erschöpfte Gedanke wurde mehr und mehr zu einem weichen Meißel, der nicht in der Lage war, in die Oberfläche eines unüberwindbar harten Materials einzudringen; nach vergeblichen Bemühungen kehrte er immer wieder zum Ausgangspunkt zurück und wurde dabei dümmer und dümmer.

Eines Tages hörte Belokrinitskij, müde von den vergeblichen Versuchen, eine Lösung für sein verfluchtes Problem zu finden, gleichgültig einem Gespräch unter Nachbarn zu. Ein älterer Veterinär sprach:

– Er las meine Zeugenaussage und fragte: »Und warum verheimlichst du uns, wie du und dein Direktor Schafböcke im Sowchos[29] zu Tode geschunden habt? Denkst du, wir wüssten das nicht?« Was für Schafböcke, denke ich, meint er damit? Auf unserem Sowchos hat es nie Schafböcke gegeben, er ist vielleicht etwas verwirrt. Gerade wollte ich ihm davon erzählen, da dachte ich: Warum? Warum sollte ich mich um den Wahrheitsgehalt meiner Lügen kümmern? Ich werde ihm auch über die Schafböcke schreiben. Und je mehr Unsinn und Ungereimtheiten in meiner Aussage stehen, desto besser! Dann ist es später leichter, zu beweisen, dass mein ganzer Fall eine Fälschung war ...

Rafail Lwowitsch erwachte aus seinem Apathiezustand. Ein Wort des Tierarztes änderte aus irgendeinem Grund den trägen Lauf seiner Gedanken und brachte etwas Aufregung in sie. Belokrinitskij fühlte eine Anspannung in sich, als stünde er vor einer unerwarteten Entdeckung, deren Inhalt er jedoch noch nicht kannte. Es war ein Gefühl, das jeder Erfinder und Mathematiker kennt. Irgendwo in der Nähe, ganz in der Nähe, befand sich eine ungefähre Idee für die Lösung eines blutigen Problems, das ihn in all den endlosen Tagen und schlaflosen Nächten gequält hatte. Jetzt würde die Idee entweder entschwinden oder aufgefangen und in klare Konturen gebracht werden ...

Die Idee kam von dem Wort »Ungereimtheit«. Doch aus welcher Ungereimtheit die Lösung des Problems geboren werden sollte, wusste Belokrinitskij noch nicht. Dann brach aus der Menge der zusammengedrängten Gedanken eine Antwort, zunächst vage und nicht ganz eindeutig. Nach einigen weiteren Sekunden fieberhafter Denkarbeit erhielt er eine klare und eindeutige Formulierung: die Ungereimtheit von Belokrinitskijs Aussage über seine Sabotage mit dem gesunden Menschenverstand, den prinzipiellen Möglichkeiten und sogar den physikalischen Gesetzen ...

Rafail Lwowitsch atmete tief durch, eine Zentnerlast fiel von seinen Schultern. Und wie einfach! Und er hatte sich fast sein Gehirn ausgerenkt und wäre beinahe verzweifelt, ein scheinbar unlösbares Problem lösen. Dank dem alten Tierarzt!

Und dieser, nicht ahnend, dass er dem Ingenieur Belokrinitskij die geniale Idee vorgeschlagen hatte, fuhr in seiner ruhigen Erzählung fort:

– Also band ich ihm den Bären mit den Schafböcken auf und wie wir die Herde in einem Schneesturm in der

Steppe zurückgelassen hatten und die Schäfer an der Nase herumgeführt hatten ... Kurz gesagt, wie in dem Buch, das mein Enkel las ... und wir haben weder Steppe noch Schafböcke noch Schäfer ... heh, heh ...

Der Alte hat das schlau gemacht! Aber in seiner Aussage ist die Geschichte über die Schafböcke nur eine private Angelegenheit. Es war notwendig, dass die Aussage über die erfundene Sabotage völliger Unsinn ist. Aber natürlich so ein Unsinn, dass es dem Ermittler nicht sofort auffällt.

Am nächsten Tag wurden zwei Männer aus der Zelle geholt: der verprügelte Bahnarbeiter und ein Marktspekulant. Dieser Spekulant war dabei erwischt worden, wie er knappe Waren auf dem Markt verkaufte, die ihm natürlich von seinen Bekannten in den staatlichen Geschäften illegal geliefert worden waren. Selbstverständlich hatte der Geschäftemacher Anspruch auf eine relativ kurze Freiheitsstrafe, die er wahrscheinlich in einer örtlichen Strafkolonie abzusitzen hätte. Während der Ermittlungen beklagte sich der Spekulant jedoch ein wenig zu laut über die Ordnung in der Sowjetunion und stellte sie dem Wunsch nach Freiheit im Ausland gegenüber. Auch unter den »sozial nahen Elementen«[30] des Strafgefängnisses befanden sich politisch aufmerksame Personen. Der unglückliche Geschäftsmann war schon als antisowjetischer Agitator in das innere Gefängnis verlegt worden. Sein schlichter Fall der Lobpreisung des kapitalistischen Systems war an zwei Abenden erledigt. Jetzt wurde der Verfechter der Freiheit des privaten Unternehmertums in das allgemeine Gefängnis verlegt, um dort auf seinen

Prozess zu warten. Der Schwätzer war selbst schuld an der drastischen Erhöhung seiner Strafe. Angesichts seiner »sozialen Entfremdung« drohten dem Antisowjet nicht weniger als sieben oder acht Jahre in den weit entfernten Lagern.

Offenbar wurde auch der kranke Weichensteller in das gleiche Gefängnis gebracht, möglicherweise zur Unterbringung in einem Gefängniskrankenhaus. In letzter Zeit blutete der Junge so stark und so oft aus seiner zerschundenen Lunge, dass selbst der Bourbon-Feldscher, der es durch den Futterkasten beobachtet hatte, sich am Hinterkopf kratzte. Allerdings könnte es einen anderen Grund für den Umzug des Bahnarbeiters gegeben haben. Entweder wurde sein Fall versehentlichen Verstellens von Weichen einfach als Strafsache behandelt, oder der Mann fiel unter die OSO[31]. Das passiert manchmal denjenigen, die bei den Ermittlungen zu viel Sturheit zeigen. Für den Osoboi, den »Sonder«, ist selbst eine herausgepresste Selbstbezichtigung ein unnötiger Luxus. Auf ihren Beschluss hin wird ein Mann für acht oder zehn Jahre in ein weit entferntes Lager geschickt – nicht unter dem 58., sondern unter einem mit Lettern versehenen Artikel[32] wie KRT[33] oder ASA[34]. Ein solches Ergebnis hätte als großer Sieg für den tapferen Kerl gewertet werden können, wenn der Preis für diesen Sieg nicht eine fortschreitende Bluthustenerkrankung gewesen wäre.

– Wird der Junge die Etappe überleben, wenn sie ihn zu den »Fernen« bringen? – fragte jemand Doktor Chatschaturow, als sich die Tür hinter den herbeigerufenen Männern schloss.

Der starrte den Fragenden ausdruckslos an. Armen Grigorjewitsch sprach kaum noch mit jemandem und saß unbewegt mit auf einen Punkt starrenden Augen. Jetzt hatte er nicht mehr die geringste Ähnlichkeit mit dem früheren Kammerdoktor, der so eifrig Diagnosen stellte, medizinische Ratschläge gab und manchmal sogar populäre Vorträge über Medizin hielt. Chatschaturow war abgemagert, irgendwie älter geworden und es fiel ihm immer schwerer, selbst auf direkte Anfragen von Nachbarn zu reagieren. Gerade jetzt dauerte es eine gute Minute, bis der alte Mann die an ihn gerichtete Frage hörte und eilig nickte: »Ja, ja, ja ...« Aber ob er die Frage wirklich verstanden hatte, konnte man nicht mit Sicherheit sagen.

Dass die Zelle leerer geworden war, war spürbar, zumal der antisowjetische Spekulant ein dicker, großer Kerl war. Doch die relative Entspannung der beengten Verhältnisse hielt nicht lange an. Nach etwa einer halben Stunde stand ein neuer Häftling auf dem Startplatz neben dem Kübel. Er war weniger zerlumpt als alle anderen Neuankömmlinge hier und wirkte überraschenderweise nicht besonders verängstigt oder verstört.

Die Verringerung der Zellenbevölkerung um zwei Personen senkte den biologischen Druck, wie Doktor Chatschaturow bei solchen Gelegenheiten einmal gescherzt hatte. Aber dass es leere Plätze geben würde – das war fraglos nicht der Fall, alle blieben auf demselben Platz, man hatte nur ein wenig mehr davon. Auch Belokrinitskij blieb in der Nähe des Kübels sitzen. Erst mit der Ankunft des neuen Mannes konnte er seinen Umzug in Richtung des beliebten Platzes unter dem Fenster beginnen. Vielleicht war das Eigeninteresse nicht der letzte Grund für Rafail Lwowitschs elegante Geste, mit der er den Neuankömmling einlud, auf dem Eimerdeckel Platz zu nehmen. Der warf einen Blick darauf, bedeckte den Deckel mit seinem leichten Mantel und sagte, indem er seine gut gebügelte Hose auf dem Schoß hochzog:

– Das Bauernhaus schmücken nicht die Ecken ...

– Und es ist auch nicht mit Kuchen geschmückt[35]..., – seufzte Pjotr Michailowitsch und lächelte.

Der neue Untermieter gluckste kurz.

Keiner hat sich jemals zuvor so verhalten, nachdem er in dieses Giftgas gestoßen wurde. Wer ist dieser Mann, der hier so eine außergewöhnliche Zurückhaltung zeigte?

In der Regel werden neu festgenommene Personen erst dann ausgefragt, wenn sie sich etwas erholt haben und sich mit der Umgebung vertraut gemacht haben. Auch danach werden diese Fragen in einer bestimmten Reihenfolge gestellt. Dieser Mann schien jedoch ein solch schrittweises und vorsichtiges Vorgehen nicht zu benötigen. Deshalb fragte Pjotr Michailowitsch seinen neuen Nachbarn fast sofort und ohne Umschweife, ob er wisse, warum er verhaftet worden sei?

– Ich kann nur vermuten, warum ich verhaftet bin, – antwortete er und grinste.

Eine solche Weisheit bei einem Mann, der frisch von der Straße kam, war noch unverständlicher als die erstaunliche Ausdauer des Verhafteten. Obwohl es zur Eröffnung nicht ganz ethisch war, wurde der Neuankömmling nach seiner sozialen Situation vor seiner Verhaftung gefragt. Ein älterer Priester, der Belokrinitskij gegenübersaß, bezeichnete die zweiundzwanzigste Zelle einmal als Arche Noah, weil die Bevölkerung hier so vielfältig sei. Aber selbst diese Arche war erstaunt, als ihr neuer Insasse ruhig antwortete:

– Bis letzte Nacht war ich Oberstaatsanwalt der Region.

Alle starrten den Neuankömmling an, sogar Chatschaturow, der langsam in Erschöpfung fiel, und der alte Bäcker Paronjan, der schon fast darin versunken war.

– Aber, entschuldigen Sie, der Oberstaatsanwalt ist Kriwenko! – widersprach überrascht Lawrentjew, der selbst Mitglied des Regionalkomitees war.

– Offensichtlich sind Sie schon lange hier, – lächelte der neue Häftling. – Kriwenko wurde vor vier Monaten verhaftet. Die Stellvertreter, die ihn ablösten, hielten es nicht lange aus, einer einen Monat, der andere anderthalb Monate. Und der nächste im Rang des regionalen Staatsanwalts war ich. Mein Name ist Berman ...

Das war nun etwas komplett anderes. Dennoch war der gestrige Staatsanwalt der ganzen Region, der jetzt hier auf dem Kübel saß, für die Insassen der Zweiundzwanzigsten so etwas wie ein Symbol für die Zeit. Michailow grinste ironisch und bösartig:

– Sie waren es also, der die Befehlchen für unsere Verhaftungen erlassen hat?

– Wahrscheinlich aber nur für einige von Ihnen, – antwortete Berman ruhig. – Die Rechte, Verhaftungen anzuordnen, liegen bei mehreren Personen in der Staatsanwaltschaft, und auch jeder Bezirksstaatsanwalt hat dieses Recht. Aber die Wahrscheinlichkeit, dass das passiert, – lächelte er, als ginge es darum, eine lange und angenehme Bekanntschaft zu machen, – ist umso größer, je höher Ihr Rang war und je später Sie verhaftet wurden ...

* * *

Die Haltung eines Gesetzeshüters in einer Zelle mit Gesetzesbrechern galt schon immer als vollkommen inakzeptabel. Doch Michail Markowitsch, so hieß der ehemalige Staatsanwalt, wurde von seinen Zellengenossen offensichtlich nicht bedroht. Ausgenommen vielleicht Michailow betrachteten alle Berman mit wohlwollendem Interesse. Pjotr Michailowitsch zeigte ihm, wie man sich das Sitzen neben dem Kübel erleichtert, wie man seinen Mantel aufrollt und was die wichtigsten Gesetze der Zelle in Bezug auf das Schlafen in der Nacht sind. Es waren ungeschriebene Gesetze, die der ehemalige Staatsanwalt kaum kannte. Dieser gluckste, und Rafail Lwowitsch verspürte den schelmischen Drang, Berman zu bitten, ihm zu zeigen, wie er mit seinem Namen unterschrieb, und sei es nur durch eine Geste in der Luft. Er erinnerte sich gut daran, wie das verdammte Schnörkelchen auf dem Haftbefehl aussah, obwohl er fast nichts von dem verstanden hatte, was dort stand. Da er nun die Initialen des ehemaligen Staatsanwalts kannte, versuchte er, sie in seinem Kopf in etwas Ähnliches wie dieses Schnörkelchen zu verwandeln, aber es gelang ihm nicht. Warum nicht also wirklich fragen? Aber Belokrinitskij wagte nicht, das zu tun.

Michail Markowitsch wurde bald so etwas wie ein

ehrenamtlicher Rechtsberater der Zelle. Zwar weigerte er sich, Ratschläge zu erteilen, wie man sich während der Ermittlungen verhalten sollte, oder er gab sie in so allgemein und vager Weise, dass sie kaum von Wert waren. Aber Berman gab bereitwillig allgemeine juristische Erklärungen ab. Diese Erklärungen trugen nicht wenig zu einer optimistischen Stimmung bei. Sie zeigten, dass die Gesetzlosigkeit bei uns in den Rang eines Staatsprinzips erhoben und sogar von der offiziellen Wissenschaft unterstützt wurde. Eines Tages erzählte Berman von einem Treffen hoher Beamter des NKWD und der Staatsanwaltschaft, das Volkskommissar Jeschow im vergangenen Jahr einberufen hatte. Der Erbe der glorreichen Tradition des Eisernen Feliks verkündete dem versammelten Publikum, dass das Land von heimlichem Faschismus infiziert worden sei wie ein äußerlich gesunder Organismus von einer Krebserkrankung. Er wiederholte die These Stalins, dass die Feinde in alle Poren der Partei und des Sowjetapparats, der Industrie, der Armee und der wissenschaftlichen Einrichtungen eingedrungen seien. Dass dieser Faschismus, der die verschiedensten Formen annimmt, sich in keiner Weise öffentlich äußert. Ergo verläuft die schwerste Krankheit des Sowjetstaates nach außen hin ohne erkennbare Symptome. Die geschätzte Zahl der heimlichen Feinde des Sozialismus, die sich in antisowjetischen Organisationen zusammengeschlossen haben, wird als Ziffer mit sechs Nullen ausgedrückt. Allerdings sind alle diese Organisationen konspirativ mit einer in der Geschichte beispiellosen Strenge tätig. Die heutigen Konterrevolutionäre im Untergrund haben keine Treffpunkte, keine Mitgliederlisten und keine Parteibücher. Sie halten keine Versammlungen ab, abgesehen von den seltenen Treffen der wichtigsten Mittelpunktler. Sie veröffentlichen keine Literatur, nicht einmal Propagandablätter, und die einfachen Mitglieder wissen in der Regel nichts über die Zusammensetzung ihrer Organisationen. Sie haben nur mit denen zu tun, die sie in die Organisation eingeführt haben, und mit denen, die sie selbst zur Konterrevolution verführt haben. Daher, meinte der Volkskommissar, bestünde die Hauptbesonderheit und Schwierigkeit der Arbeit darin, die Spreu, die sich äußerlich nicht vom Weizen unterscheidet, zu entfernen ...

– Deswegen, – sagte gedehnt Sawin, – sind die Ermittler nur an Anwerbern und Angeworbenen interessiert ...

Und der Priester, der bis jetzt geschwiegen hatte, fragte:

– Und wenn das alles so verborgen ist, woher weiß dann Jeschow selbst, wie viele geheime Feinde die Sowjetmacht hat?

– Die Zahl von Kadern der inneren Konterrevolution, antwortete Berman trocken, – wird natürlich ungefähr geschätzt auf der Grundlage von Stalins These, dass diese Kader aus von der Macht gekränkten Personen geworben werden. – Und er fuhr fort: – Volkskommissar Jeschow schloss seine Rede mit der Direktive, sofort mit der Operation zur Entfernung der fremden Elemente aus dem Staatsorganismus zu beginnen. So die Entscheidung der Regierung, der Partei und des Führers[36]. Es wurde betont, dass man sich an das Hauptmerkmal der bösartigsten Feinde erinnern müsse. Als eine Art Zeitbombe verrieten sie sich bis zu einem bestimmten Moment durch keinerlei feindselige Äußerungen oder Handlungen, sondern versuchten im Gegenteil, das größte Vertrauen der sowjetischen Menschen zu gewinnen, was ihnen oft sehr gut gelang. Es bedurfte des Adlerblicks des Führers und Lehrers, um dies als ein wesentliches Erkennungsmerkmal des Feindes zu begreifen, insbesondere in Verbindung mit einer zweifelhaften sozialen Herkunft. Stalins geniale Enthüllung sollte sowohl von den Sonderorganen des NKWD als auch von allen wachsamen Sowjetbürgern übernommen werden ...

Viele Dinge wurden nach den Erklärungen des ehemaligen Staatsanwalts klarer. Eine der seltsamen Angewohnheiten des NKWD war zum Beispiel, dass seine Ermittler begabte Leute aus jedem Bereich anwerben wollten, während sie graue und unauffällige Menschen nur ungern akzeptierten.

Kühl und gelassen teilte Berman seinen Zuhörern mit, dass der Volkskommissar auf der gleichen Konferenz die außerordentlichen Vollmachten verkündet hatte, die sein Kommissariat von der Regierung und der Partei im Zusammenhang mit der Aufgabe erhielt, die geheime Konterrevolution im Land auszurotten. Besondere Empfindsamkeit bei der Identifizierung aller an ihr Beteiligten ist nicht nur unnötig, sondern kann auch ein Hindernis für die Sache sein. Kriterium für die Geschicklichkeit und den Fleiß der lokalen NKWD-Organe ist fortan nur noch das Endergebnis ihrer Tätigkeit, heißt die Menge der identifizierten und neutralisierten Volksfeinde. Die Kontrollzahlen für die Republiken und Regionen wurden von

Jeschow selbst dargelegt, wenn auch nicht in Form eines offiziellen Dokuments ...

– Der Plan ist also heraus, – bemerkte jemand von den einfacheren Zuhörern.

Der ehemalige Staatsanwalt tat so, als hätte er diese Bemerkung nicht gehört.

* * *

Rafail Lwowitsch hatte bereits über die Anhaltswerte nachgedacht, auf deren Grundlage er seine künftige Zeugenaussage zusammenstellen musste. Die wichtigsten dieser Werte waren folgende:

Die Ermittlungsbehörden des derzeitigen Innenkommissariats greifen niemals auf technisches Fachwissen zurück. Für ihre gegenwärtige Tätigkeit ist ein solcher Sachverstand nicht notwendiger als ein Regenschirm für einen Fisch, wie es der verstorbene Lew Moisejewitsch gesagt hätte.

Die Wahrscheinlichkeit, auf einen Ermittler zu stoßen, der in der Lage ist, zumindest die allgemeine physische Essenz der Aussage des ehemaligen Chefingenieurs über die technischen Methoden seiner Sabotage zu verstehen, ist praktisch gleich null. Die überwältigende Mehrheit der Ermittler des jeschowschen NKWD waren nicht einmal Kadertschekisten[37], sondern die erst kürzlich für die Organe mobilisierten älteren Komsomol- und jungen Parteimitglieder der stalinistischen Generation. Die ehemaligen, die unter Jagoda und davor gedient hatten, waren fast alle ausgelöscht. Die Hauptmerkmale, die

die neuen NKWD-Kader auszeichnen, sind fanatische Dummheit und kreischender politischer Aktivismus. Beides ist fast immer mit selbstgefälliger Ignoranz verbunden. Natürlich gibt es unter den für den NKWD Mobilisierten auch entwickelte und intelligente Jungs, aber die verschwinden bald wieder. Dass der NKWD-Apparat nach dem Sturz des ehemaligen Volkskommissars fast vollständig erneuert wurde, sagte auch Berman.

Was den Stil des künftigen Aufsatzes anbelangt, so sollte man die Vorliebe der heutigen NKWDler für pompöse phraseologische Klischees berücksichtigen, insbesondere im Bußteil. Es ist auch unbedingt notwendig, dass die Sabotage einen ausreichenden Umfang hat. Nach dem Schachty-Prozess[38], nach dem Ramsin-[39] und Kemerow-Prozess[40], nach den Prozessen gegen andere Spezialistenverbrecher wäre eine Bagatell-Sabotage psychologisch nicht zu rechtfertigen. Das Ausmaß der fiktiven Sabotage in der lokalen Energiewirtschaft muss sowohl ihrer Stellung in der Wirtschaft des Landes als auch dem Rang des Saboteurs entsprechen. All dies wird als Köder benötigt, auf den sowohl der künftige Ermittler von Belokrinitskij als auch die höheren Ermittlungsbehörden, die die Überweisung des Falls an das Gericht genehmigen, unbedingt anbeißen müssen. Im Wesentlichen muss die künftige Zeugenaussage technisch und sogar physisch reiner Unsinn sein, so dass sie selbst einer oberflächlichen und unqualifizierten Prüfung durch einen Sachverständigenausschuss nicht standhalten kann. Allerdings muss ein direkter Widerspruch zu den Fakten, wie bei der Aussage des Tierarztes, vermieden werden, um nicht zu riskieren, dass der für den NKWD aufgestellte Trick vorzeitig auffliegt. Die böswilligen Handlungen des ehemaligen Chefingenieurs eines großen Energiekonzerns sollten den unwissenden Ermittler und seine Vorgesetzten, all diese »Fone Kwas«, mit ihrer Ungeheuerlichkeit und scheinbaren Boshaftigkeit bestechen; und gleichzeitig offensichtlicher Unsinn noch für die am wenigsten technisch gebildete Person bleiben.

Belokrinitskij fand großen Gefallen daran, sich Sabotageaktionen auszudenken, die für den Laien beeindruckend, in ihrem Wesen aber völlig absurd waren. Das erwies sich als recht amüsante und unterhaltsame Beschäftigung. Rafail Lwowitsch lächelte, als er sich das Lachen des zukünftigen Sachverständigen vorstellte, sobald der die ersten Zeilen seines Geständnisses gelesen hätte.

* * *

Michail Markowitsch Berman entsprach kaum dem Typus des Bürokraten, der sich bereits in jenen Jahren herausgebildet hatte und der später unter den sowjetischen Juristen fast zum einzigen wurde, und nicht nur die Degradierung seiner Rolle zu einer Scheinfunktion tolerierte, sondern sich diese Rolle nicht einmal anders vorstellen konnte. Er hatte am Bürgerkrieg teilgenommen, war in den Zwanzigerjahren in die Partei eingetreten und hatte sein Jurastudium noch vor der Politik der Standardisierung des Gehirns, wie er selbst die Unterdrückung jeglicher Individualität im politischen Denken nannte, die unter Stalin begann, abgeschlossen. Berman konnte denken, wusste mehr als jeder andere und hatte daher ein besseres Verständnis von dem, was hier vor sich ging. Allerdings bezog sich dieses Verständnis nur auf die Techniken der Gesetzlosigkeit und auf die äußeren Formen, die sie annehmen. Über den wirklichen Sinn und das letzte Ziel der ungesetzlichen Verhaftungen, der henkersknechtlichen Ermittlungen und der ungerechten Prozesse wagte nicht einmal er, etwas Bestimmtes zu behaupten.

Trotz seiner scheinbaren Munterkeit, die eingespielt und vor allem dem Bewusstsein der Abwegigkeit seiner Position als ehemaliger Staatsanwalt unter den Gefangenen geschuldet war, gestand Berman seinen neuen Freunden ein, dass er es für aussichtslos hielt, aus den Fangeisen, in denen er gefangen ist, herauszukommen. Ihm würde voraussichtlich die Beteiligung an der Trotzki-Bucharin-Opposition angenäht werden. Natürlich nicht ohne einen größeren konterrevolutionären Auftrag, höchstwahrscheinlich Sabotage von Aktivitäten zur Aufdeckung der geheimen Konterrevolution im lokalen Bereich. Das alles riecht nach einem Militärkollegium und einem Erschießungskommando ...

Nach längerem Schweigen fragte jemand:

– Michail Markowitsch, wen verurteilt das Militärkollegium eigentlich?

Es stellte sich heraus, dass alle Mittelpunktler die wichtigsten Führer der Konterrevolution in der gesamten Union waren. Jeder hatte die Zeitungsberichte über die Prozesse gegen die Sinowjewisten[41], die Trotzkisten-Bucharinisten[42], die Führer der Industriepartei, die militärischen Verschwörer aus dem Generalstab gelesen. Es finden jedoch regelmäßig Sitzungen in der Gegend statt, nicht vom Kollegium selbst, sondern von seiner auswärtigen Gruppe, die kleinere Kontras verurteilt. Gelegentlich kommt das Militärkollegium in dieser Zusammensetzung auch hierher.

– Und wo finden die Sitzungen statt? – fragte jemand. Niemand hat je von ihnen gehört.

– Hier, im Gebäude der regionalen NKWD-Direktion.

Das war eine Überraschung. Das militärische, erzählte ein ehemaliger Staatsanwalt, ist ein sehr schnelles Urteil, selten gerecht und auf jeden Fall gnadenlos. Die Hälfte der in diesem Verfahren Ertappten wird zum Erschießen verurteilt, die andere – zu schweren Haftstrafen von mindestens fünfzehn Jahren. Trotz seiner Grausamkeit ist es jedoch das schnellgängigste Gericht, das es gibt. Im Lauf einer Nacht kann das Kollegium gut hundert Urteile fällen.

– Wie? Über Nacht? Aber ...

– Die auswärtige Gruppe trifft sich immer nur nachts ...

– Nachts! – schauten sich die Zuhörer an.

– Michael Markowitsch, und ich – kann ich unter das militärische kommen? – fragte Pjotr Michailowitsch, dessen fester Optimismus durch die Erklärungen des Staatsanwalts erschüttert worden war.

Berman beruhigte ihn. Sabotagefälle werden normalerweise von einem Zivilgericht für konterrevolutionäre Fälle – den Spezkollegien – verhandelt. Das Spezkollegium sitzt tagsüber, und der Prozentsatz der zum Tode Verurteilten ist niedriger als der des militärischen, obwohl selbst die mildeste Strafe immer noch dieselben fünfzehn Jahre beträgt ... Unters militärische können Saboteure nur kommen, wenn ihre Aktionen einen sehr großen Umfang haben, die dem Charakter nach an Diversion grenzen oder in der Rüstungsindustrie produziert werden.

– Haben Sie schon einmal selbst an einer Gerichtsverhandlung teilgenommen? – fragte Lawrentjew.

– Natürlich, aber nur in Zivilstrafsachen. – Berman erklärte, dass in konterrevolutionären Fällen das kontradiktorische Prinzip nicht mehr gelte und sie in geschlossenen Sitzungen der Gerichte ohne Beteiligung der Prozessparteien verhandelt würden. Die einzigen Ausnahmen waren große Schauprozesse und kleinere Fälle antisowjetischer Agitation. Zwar sind sowohl der Staatsanwalt als auch der Verteidiger in solchen Fällen anwesend, aber nur der Form halber. Deshalb schicken sie in der Regel Rechtsanfänger, mehr als Lehrling denn als tatsächliche Notwendigkeit. Es ist ohnehin alles schon im Voraus entschieden worden.

– Und das, nachdem Stalins Verfassung die Rolle der Staatsanwaltschaft auf ein noch nie da gewesenes Niveau gehoben hat! – Michailow grinste schief. – »Niemand darf ohne Zustimmung des Staatsanwalts ...

– ... verhaftet werden«, – beendete Berman für ihn.

Nun, in diesem Punkt wird ja das Gesetz nicht gebrochen. Ohne die Unterschrift eines Staatsanwalts auf einem speziellen Haftbefehl können in der Tat keine Verhaftungen vorgenommen werden. Wie diese Unterschriften geleistet werden, ist eine andere Sache. Die schon ausgestellten Haftbefehle werden von den Staatsanwälten in Hundertergruppen unterschrieben, und es wäre nur Zufall, dass sie aufgelistete Personen kennen. Oft verlangt die NKWD-Direktion sogar Blanko-Haftbefehle mit der Unterschrift des Staatsanwalts. Jeder der heutigen Staatsanwälte hätte auch einen Befehl für seine eigene Verhaftung unterschreiben können. So wie Zar Alexander der Dritte, der einst einen Befehl zu seiner, des Zaren, Auspeitschung unterzeichnete, den ihm sein Bruder-Liederjan[43], der besonders grobe Streiche liebte, untergeschoben hatte. Aber jetzt ist niemand in der Staatsanwaltschaft in der Stimmung für Scherze.

Eines Nachts brachen NKWD-Agenten in Bermans Wohnung ein. Er und seine Frau dachten, sie wären hinter ihm her. Es stellte sich jedoch heraus, dass die Zeit dafür noch nicht gekommen war. Es gab nur einfach nicht genug unterschriebene Formulare für diese Nacht.

Könnte es sein, dass Berman in dieser Nacht neben Hunderten von anderen einen Haftbefehl gegen einen gewissen Belokrinitskij unterschrieben hatte? Und aus Angst vor den Agenten ist das Schnörkelchen des Staatsanwalts so formlos ausgefallen? Dieses Schnörkelchen ging Rafail Lwowitsch nicht mehr aus dem Kopf.

* * *

Eines Tages, kurz vor dem Einschluss, wurden zwei Weitere aus ihrer Zelle geholt: Panasjuk, der nach dem Förderband ein Geständnis über einen größeren Sabotageakt unterzeichnet hatte, und der Schuldirektor, der sein Lehrerkollegium zu einer aufständischen Gruppe ausgebaut hatte. Der Fall von Panasjuk, der früher als Verlader in einem Getreidelager gearbeitet hatte, wurde durch Fakten untermauert. Vor einigen Jahren war ein Teil dieses Lagers tatsächlich abgebrannt. Die Brandursache konnte aber erst jetzt festgestellt werden, nachdem Panasjuks Ermittler ihn zu einem Geständnis als Brandstifter überredet hatte. Die besondere Grausamkeit gegenüber dem unauffälligen Arbeiter war offenbar auch darauf zurückzuführen, dass Panasjuk in seiner frühen Jugend in den Petljura[44]-Einheiten gedient hatte. Berman sagte, dass sowohl der ehemalige Verlader als auch der ehemalige Schuldirektor vor ein Militärtribunal gestellt würden. Und dass für beide nun ein Gedenkgottesdienst abgehalten werden könne.

Es scheint, dass auch diese zehnte Nacht im Gefängnis für Rafail Lwowitsch ohne Vorladung zu einem Ermittler vergehen wird. Wie alle, die auf ihr erstes Verhör warten, schlief Belokrinitskij sehr wenig und schlecht.

* * *

Es war die zweite Hälfte der Nacht, und einige, darunter auch Kuschnarjow, waren bereits vom Verhör zurückgekehrt. Kuschnarjow hatte nun einen anderen Ermittler. Dieser hielt ihn nicht bis zum Morgen fest, sondern schlug ihn härter und versprach, ihm die Rippen zu brechen, wenn Kuschnarjow weiter hartnäckig blieb. Es scheint, dass zu einem hartnäckigen Untersuchungsgefangenen Zugang gesucht wird.

Aber welcher Zugang würde zu dem Schädling Belokrinitskij gefunden werden? Immer, wenn diese Frage so klar und konkret auftauchte, fühlte Rafail Lwowitsch eine unangenehme, saugende Leere in seiner Herzgrube entstehen. Belokrinitskij beschloss, mit dem Schreiben des lang durchdachten Aufsatzes gleich bei seiner ersten Vorladung an den Ermittler zu beginnen. Es war jedoch notwendig, zunächst einen gewissen Widerstand zu leisten, der durch eine vermeintlich natürliche Abneigung gegen ein Geständnis verursacht wurde. Wenn man sich zu nachgiebig zeigt, können die Anforderungen des Ermittlers exorbitant steigen und ihn dazu veranlassen, Belokrinitskij als Anwerber zu betrachten. Deshalb muss man sich eine halbe Stunde lang zurückhalten, deutlich machen, dass es sich nicht lohnt, um Geld zu spielen, und erst dann aufgeben. Die Reaktion des Ermittlers, wenn man nicht sofort aussagen würde, wäre vermutlich stürmisch. Er dachte an die fast unvermeidlichen Beleidigungen, Flüche, vielleicht sogar Schläge. Bei diesen Gedanken wurde ihm unwohl und er spürte wieder das Stechen in seiner Herzgrube.

Doch Rafail Lwowitsch fühlte sich nicht mehr so unbewaffnet. Jetzt erwartete er das Treffen mit dem Ermittler nicht mehr mit dem alten Gefühl der Hoffnungslosigkeit, sondern war sich des glücklichen Ausgangs eines unheimlichen, aber interessanten Spiels fast sicher. Obwohl sich das Resultat seines Vorhabens wahrscheinlich erst nach einiger Zeit offenbaren würde, verschaffte ihm der Gedanke, dass »Fone Kwas« – so nannte Belokrinitskij für sich selbst den gesamten Apparat ungerechter

Ermittlungen und Prozesse – nach einem imaginären Sieg über ein weiteres Opfer diesmal seine unvermeidliche Niederlage einräumen würde, große Befriedigung.

Tagsüber hatte Rafail Lwowitsch das ungeduldige Gefühl eines Spielers, der das Spiel so schnell wie möglich beginnen wollte. In der Nacht jedoch kam zu diesem Gefühl eine unbezwingbare Angst hinzu. Wenn der Futterkasten klickte und das Gesicht des Aufsehers mit einem Stück Papier in der Hand erschien, steigerte sich diese Angst so sehr, dass seine Hände und Füße taub wurden und in seinem Mund ein an Vitriol erinnernder Geschmack entstand.

In dieser Nacht lagen sie, wie immer, nach Sardinenart. Die Zehen des schlafenden Pjotr Michailowitsch berührten den Hinterkopf von Belokrinitskij. Die Unterhaltung mit ihm und mit Berman, der auf der anderen Seite lag, war das Einzige, was die mühevollen Tage unbeweglichen Sitzens in der stinkenden Zelle aufhellte. Michail Michailowitsch hatte jedoch bereits den berühmten Zweihundertsechsten unterschrieben, das Dokument, das besagte, dass die Ermittlungen in seinem Fall gemäß diesem Artikel der Prozessordnung abgeschlossen waren. Normalerweise wurden solche Personen in eines der allgemeinen Gefängnisse der Stadt geschickt, um dort auf ihr Urteil zu warten. Der Gedanke, dass der intelligente und gutmütige Gesprächspartner bald nicht mehr da sein würde, weckte in ihm ein wehmütiges Gefühl.

Aber da war ja noch Berman. Auch er kann wegen der Gedanken, die auf der Suche nach einem Ausweg zappelten, nicht schlafen; obwohl der ehemalige Staatsanwalt besser als jeder andere weiß, wie aussichtslos eine solche Suche ist. Der ekelerregende Platz bei dem Kübel hat wohl auch dazu beigetragen, dass Berman nicht mehr in der Lage war, den Gentleman-Gleichmut zu bewahren, der die Zweiundzwanziger-Insassen bei seiner Ankunft so beeindruckt hatte.

Der Riegel des Futterkastens schnappte auf. Fast alle erhoben beinahe sofort die Köpfe.

– Auf Be, – sagte der Aufseher halblaut.

– Below? – Antwortete der Pope wie ein Echo. Es war er, der die Zelle Arche Noah genannt hatte. Der Priester war bereits zum Verhör vorgeladen worden, allerdings nur zweimal und schon vor geraumer Zeit. Man versuchte ihm anzuhängen, dass die Myrrhe tragende Jungfrauengemeinde seiner Kirche eine terroristische Organisation sei. Und das unmittelbare Ziel dieser Organisation die Ermordung Stalins. Das NKWD wusste, dass Below kurz vor seiner Verhaftung Moskau besucht hatte und sogar auf den Roten Platz gegangen war, mit dem speziellen Ziel, zu erspähen, durch welches Tor des Kreml der Generalsekretär der KPR (B)[45] gewöhnlich ausging. Das Pöpchen leugnete nicht, dass es tatsächlich nach Moskau gefahren war – es hatte etwas einzukaufen und war mehrmals über den Roten Platz gegangen. Aber es hatte bei Gott nicht die Absicht, Stalin zu töten. Und seine Myrrhe-Trägerinnen hätten das auch nicht tun können, denn die jüngste von ihnen war bereits über sechzig Jahre alt. Offenbar lief der Fall nicht gut, und Below war seit einem Monat nicht mehr vorgeladen worden. Der alte Mann war nervös.

– Nein! – antwortete ihm der Aufseher. Dies war auch die Antwort an Berman.

Jetzt war nur noch Belokrinitskij auf »Be« in der Zelle. Aber er sprach seinen Nachnamen mit einer dünnen, heiseren, fast hühnerhaften Stimme aus.

– Mach dich fertig, – sagte der Gangaufseher. – Schnell!

* * *

Rafail Lwowitsch hatte sich lange auf diesen Moment vorbereitet und sich selbst immer wieder Anweisungen gegeben, wie er sich verhalten sollte, wenn er vorgeladen würde. Keine Aufregung, keine Eile! Die Kleidung, wenn möglich, in einen würdigen Zustand versetzen. Von seinen erfahreneren Kameraden lernend, wickelte Belokrinitskij Schnüre aus seinen aufgetrennten Socken und steckte sie anstelle von Schnürsenkeln in seine Schuhe. Außerdem benutzte er eine gleiche, etwas längere Schnur, um seine Hose zusammenzubinden.

Aber jetzt war er in Eile und aufgeregt. Die Enden der Schnüre waren zerfetzt und passten nicht in die Löcher der Stiefel, die Manschetten des verdammten Intelligenzlerhemds rutschten wieder aus den Ärmeln, den nackten Hals, der idiotisch aus dem kragenlosen Hemd ragte, konnte Rafail Lwowitsch auch jetzt nicht vergessen.

Und der Aufseher hatte bereits die Tür geöffnet und drängte:

– Was trödelst du rum? Beeil dich!

– Denken Sie daran, was ich Ihnen gesagt habe! – flüsterte Pjotr Michailowitsch in pfeifendem Ton. Auch er war aufgewacht. Berman machte eine beruhigende Geste mit der Hand.

Im Korridor legte Belokrinitskij, ohne auf einen Befehl zu warten, die Hände auf den Rücken. Der Wärter, der auf ihn wartete, winkte mit der Hand in Richtung Ende des Korridors. Sobald sie die bekannte Treppe erreicht hatten, schnippte der Begleiter mit den Fingern. Auf dem Absatz im ersten Stock kamen sie an einem Mann in zerlumpter Kleidung vorbei, der an der Wand lehnte. Offenbar wurden nur diejenigen hier angehalten, die in ihre Zellen zurückgebracht wurden. Für die, die auf dem Weg in die Untersuchungsabteilung sind, gibt es grünes Licht.

Auf dem Absatz des zweiten Stocks machte der Soldat eine Geste nach rechts. Wie im Erdgeschoss das Komma des kurzen Gangs, durch den sie in einen auch Belokrinitskij irgendwie bekannten langen Korridor mit einflügeligen Türen auf beiden Seiten gelangten. Abgesehen von den Nummern an den Türen der Vernehmungszimmer waren die Flure auf allen Etagen offenbar identisch. Allerdings war jener, durch den Rafail Lwowitsch in der Nacht seiner Verhaftung geführt wurde, menschenleer und still. Wie er später erfuhr, wurden die Festgenommenen nicht in den Büros des Erdgeschosses befragt, und nur einige von ihnen arbeiteten nach Mitternacht. Hier jedoch war der Arbeitstag in vollem Gang, und der Korridor summte von Stimmen hinter den Türen. Aber es waren nicht einfach nur Stimmen, sondern lautes Schreien und Fluchen. Aus der Ferne hätte man den Lärm der Ermittlungseinheit für den Trubel eines gewaltigen Skandals mit vielen Beteiligten halten können. Es wurde jedoch nicht von der Menge erzeugt, sondern von einzelnen Menschen, die jeder für sich hinter der eigenen Tür schrien. Beinahe jeder wiederholte mit einem Tonfall von beginnender Hysterie oder brodelnder Wut fast die gleiche Frage: »Wirst du reden? Redest du jetzt?« Die Frage wurde oft von wildem Fluchen und manchmal von Schlägen begleitet.

Rafail Lwowitsch spürte plötzlich, wie sich seine Schüchternheit in erschöpfende Angst verwandelte, die seine Beine zum Zittern brachte und ihm die Fähigkeit zum logischen Denken nahm. Bloß das nicht! Noch nie in seinem Leben hatte er die Klarheit der Gedanken mehr gebraucht als jetzt.

Am anderen Ende des Flurs trug ein Mädchen in weißem Uniformmantel ein Tablett, auf dem Gläser mit Tee standen und belegte Brötchen lagen. Sie lächelte einen jungen Mann in NKWD-Uniform an, der auf sie zulief und ihr winkte. Es war, als ob sie sich in einem Theaterfoyer getroffen hätten! Offenbar waren die Geräusche hinter der Wand für beide eine Art gewohnter Industrielärm.

Der Wärter sah auf den Zettel und klopfte an eine schmale Tür mit einer dreistelligen Nummer in einem weißen Kreis. »Ja, ja!« – antwortete eine scharfe Stimme von drinnen. Der Soldat öffnete die Tür, ließ den Festgenommenen durch und schloss sie vom Korridor aus wieder.

Im Zimmer waren zwei junge Männer. Der eine trug eine Ermittleruniform, auf deren Ärmel gekreuzte goldene Schwerter gestickt waren, saß am Tisch und schrieb etwas. Der andere, in Zivil gekleidet, stand am Fenster, mit dem Rücken zum Fensterbrett und den Händen in den Hosentaschen. Unter dem Eindruck der erschreckenden Geräusche, die auch hier zu hören waren, konnte Rafail Lwowitsch nur mit Mühe »Guten Tag!« sagen – seine Zunge gehorchte ihm kaum. Der verängstigte Blick des Festgenommenen blieb noch eine Weile auf dem Herrn des Büros hängen, doch dann, fast gegen seinen Willen, verharrte er auf dem Mann in Zivil. Dieser Kerl schien Belokrinitskij mit seinen Zirkusringerschultern, seinem kurzen bulligen Hals und seinem verächtlichen, feindseligen und finsteren Blick zu hypnotisieren. Wozu war er hier?

Auf die Begrüßung folgte keine Antwort. Der Ermittler am Tisch schrieb weiter, der Kerl am Fenster starrte Rafail Lwowitsch wütend an, wie ein Hund, der nur auf ein Nicken seines Herrn wartet, um sich auf einen Fremden zu stürzen. Hinter der Mauer rief jemand mit Falsettstimme den immer selben Satz: »Wirst du jetzt reden?« Von der anderen Wand kamen Fußstampfen, dumpfe Schläge und Schreie. Offenbar prügelten mehrere Männer auf einen ein.

Belokrinitskij versuchte, die Ermahnungen und seine eigenen Entscheidungen, wie er sich in diesen Minuten verhalten sollte, nicht zu vergessen. Zittere nicht, zeige nicht, dass du ein Feigling und Waschlappen bist! Denk daran, dass sie dich zwar sofort schlagen können, aber nicht zu hart, denn das geschieht nur, um dich einzuschüchtern. Und die ermittlerischen Schreie und Flüche können als einzige Sprache angesehen werden, die mit den Untersuchungsgefangenen hier gesprochen wird. Auf keinen Fall sollte man zeigen, dass man zu der Sorte Mensch gehört, die sofort umkippt. Belokrinitskij war auch gewarnt worden, dass die Prügelgeräusche hinter der Mauer von fast allen nur bei der ersten Vorladung gehört werden und nur selten danach. Wahrscheinlich wird dies nur inszeniert, um die Neuankömmlinge einzuschüchtern.

Aber es schien, als wären all diese weisen Ratschläge nun sich selbst überlassen, und die Unruhe, die er von seinen Vorfahren geerbt hatte, ebenfalls. An der Tür stehend – aus irgendeinem Grund wurde er nicht aufgefordert, weiterzugehen – spürte Rafail Lwowitsch, dass es ihm immer schwerer fiel, sich auf den Beinen zu halten.

– Name? – sagte schließlich mit rauer und knarriger Stimme der Ermittler am Tisch. Das Gesicht, das er dem Festgenommenen erst jetzt zuwendete, passte gut zu dieser Stimme, irgendwie abgehärmt, mit zorniger Miene. Rafail Lwowitsch schluckte seinen Speichel und antwortete.

– Aha, Belokrinitskij ... – Das zornige Gesicht des Mannes mit den Schwertern auf dem Anzug verzog sich bösartig, als sei der Gefangene sein alter, ihm jedoch unbekannter Feind. In solchem Tonfall sagt man so etwas wie: »Hab ich dich endlich, Täubchen!«

– Nun, Belokrinitskij, setz dich, lass uns reden ... – dies mit einem Hauch von bösartigem Spott.

Rafail Lwowitsch schritt auf Beinen, die ihm wie aus Baumwolle vorkamen, zu einem Stuhl an der Wand und setzte sich darauf, wobei er versuchte, das Zittern, das ihn zu erfassen begann, zu unterdrücken.

– Setz dich richtig hin! – der Mann in Zivil zog den Stuhl unter dem Festgenommenen so heftig weg, dass dieser fast hinfiel, und drehte ihn mit einer der vorderen Ecken der Sitzfläche zum Tisch. – Setz dich hierhin! – Er stieß mit der Stiefelspitze gegen die Ecke. – Und die Hände auf die Knie! Weißt du nicht, wie man sich hier benimmt, faschistischer Scheißer?!

Belokrinitskij erinnerte sich daran, dass viele, die von einem Verhör zurückkehrten, Schmerzen im Kreuz hatten, weil sie stundenlang auf einer Stuhlecke sitzen mussten. Das war natürlich auch eine Form der Demütigung.

– Nun, – der Ermittler schaute mit spöttischer Ironie. – Erzählst du jetzt alles, oder muss ich mich mit dir abmühen wie mit dem da drüben? – deutete er mit dem Daumen über die Schulter auf die Wand hinter ihm.

Rafail Lwowitschs Mund wurde trocken. Er presste seine Hände mit aller Kraft auf die Knie, damit sie nicht zitterten, und spürte, wie sich ein unangenehmer, klebriger Schweiß in diesen Handflächen bildete.

Keine Schwäche zeigen, den Appetit der Verhörenden nicht zu sehr anregen! – wiederholte er sich die Verhaltensregeln für das erste Verhör. Aber es war tausendmal einfacher, diese Regeln zu verstehen und zu lernen, als sie nicht nur umzusetzen, sondern sie auch unter den grimmigen Blicken und Schreien der beiden Gewalttäter im Kopf zu behalten. Dem durchdachten Programm zufolge sollte man auf Unhöflichkeit mit einer frechen Aufforderung reagieren, höflicher zu sein. Aber die Zähne zusammenbeißen, sonst kommt eher ein Wimmern als ein Ausdruck von Würde heraus.

– Wirst du jetzt reden, Schädling?! – schrie der Ermittler plötzlich. Er stand von seinem Schreibtisch auf, lehnte sich mit geballten Fäusten dagegen, und sein Assistent näherte sich dem Stuhl des Verhörten.

– Ich ... ich weiß nicht, was ich sagen soll ... – Schließlich sagte Rafail Lwowitsch etwas, das er nicht sagen sollte.

– Weißt du nicht? – Der Mann mit dem bulligen Hals schlug dem Festgenommenen mit der Faust gegen das Kinn und presste gleichzeitig die andere Faust an den Hinterkopf.

Es war nicht einmal ein halbherziger Schlag. Doch es schien Rafail Lwowitsch, als ob die Knochen seines Schädels knackten und farbige Lichter vor seinen Augen aufblitzten. Eine tierische Angst vor dem zweiten Schlag überkam ihn. Dieser Schlag würde ihm wahrscheinlich jede Beherrschung, jede Fähigkeit zu denken, jede Möglichkeit, seinen Plan intelligent auszuführen, rauben.

– Ich werde alles, alles ... schreiben ..., mümmelte Belokrinitskij stotternd.

Verdammte Feigheit, keine fünf Minuten konnte er es aushalten! Die Knie schlotterten mit großem Zittern und es war nicht möglich, sie davon abzuhalten. Der klebrige Schweiß bildete sich nicht nur in den Handflächen, sondern auch an den Fußsohlen.

Anscheinend war es das, was die Vernehmer wollten. Der Ermittler ließ sich in seinem Stuhl zurücksinken und fing wieder an, Papiere durchzugehen, während sein Assistent zum Fenster ging und die Hände wieder in die Taschen steckte. Jetzt aber stand er mit dem Rücken zu dem Festgenommenen und drückte mit seiner Haltung nur Langeweile und Verachtung aus.

Das Zittern in den Gliedern begann nachzulassen. Die

fiebrige Trockenheit im Mund verschwand und wurde durch einen Hauch von Wermutbitterkeit ersetzt, wie nach dem Erbrechen. Aber es war schon leichter. Die Fähigkeit, die Situation einzuschätzen, kehrte zurück.

Die Absicht, vor diesen Burschen wenigstens ein Mindestmaß an Standhaftigkeit zu demonstrieren, war gescheitert. Natürlich hatten sie längst erkannt, dass sie aus so einem Tölpel durch Angst alles herausprügeln konnten, was sie wollten.

Um also der Aufforderung, andere zu verleumden, vorzubeugen, mussten die Ermittler mit dem Ausmaß und der Bedeutung der angeblichen Sabotage beschwichtigt werden. Natürlich würde man eine lange Strafe bekommen und in besonders weit entfernte Lager geschickt werden, aber anscheinend gab es keine andere Möglichkeit ...

– In welcher konterrevolutionären Organisation waren Sie Mitglied? – Der knarrige Ton in der Stimme des Ermittlers war verschwunden. Offensichtlich wollte er mit der Anrede »Sie« zeigen, dass man mit ihm ganz sachlich reden kann.

Ein heftiger Angriff beim ersten Verhör ist natürlich einer der Standardtricks der psychologischen Beeinflussung von Unerfahrenen. Einige von Belokrinitskijs Zellengenossen – erfahrene Häftlinge – glaubten sogar, dass ein solcher Angriff ein besseres Zeichen sei als die relative Höflichkeit zu Beginn und der allmählich zunehmende Druck. Es bedeutete angeblich, dass die Erwartungen des Ermittlers nicht allzu hoch sind.

Ob diese Aussage wahr ist oder nicht, blieb abzuwarten. In der Zwischenzeit war sie als beruhigende Hypothese geeignet. Der Fressenprügler in Zivil ging. Der Herr des Büros blätterte in einigen Papieren auf seinem Schreibtisch, und Rafail Lwowitsch, der an einem Tisch in der Nähe der Tür saß, schrieb schnell. Einem Außenstehenden hätte die Situation fast friedlich erscheinen können, wären da nicht die Geräusche aus dem Korridor und den angrenzenden Räumen gewesen, die immer noch zu hören waren, wenn auch deutlich seltener als in der ersten Hälfte der Nacht.

In dieser ersten Nacht verfasste Belokrinitskij jedoch nur den einleitenden Teil seiner Aussage. Darin erklärte er, dass er sich auf Anraten des Trotzkisten-Bucharinisten Mironow der Sabotageorganisation des Energiekonzerns angeschlossen hat, angetrieben von einem Hass auf das sozialistische System. Dieses Gefühl hatte der Sohn eines NEP-Mannes seit seiner frühen Jugend aufgrund der Unterdrückung der kapitalistischen Familie des verstorbenen älteren Belokrinitskij durch die Sowjetbehörden genährt. Der jüngere Belokrinitskij konnte auch nicht verzeihen, dass die proletarische Revolution ihm die Möglichkeit genommen hatte, selbst Unternehmer zu werden, und zwar in viel größerem Umfang, als sein Vater es gewesen war. Die Hoffnung auf eine solche Möglichkeit wäre jedoch nicht ausgeschlossen, wenn das kapitalistische System in Russland restauriert würde. Dies wäre nur durch eine ausländische Invasion zu bewirken, die auf jede erdenkliche Weise unterstützt werden müsse. Für einen Spezialisten wäre das zugänglichste und wirksamste dieser Mittel technische Sabotage, die die Wirtschaftskraft des Sowjetstaates schwächte.

Mit dieser Einführung war der Ermittler durchaus zufrieden. Ihre offensichtlichen Absurditäten hatte er natürlich nicht bemerkt. Wenn die Restauration des Kapitalismus für Belokrinitskij, den großen Ingenieur und Sohn eines NEP-Manns, noch von Nutzen sein konnte, wozu konnte dann der Erbarbeiter und alte Bolschewik Mironow sie brauchen?

Rafail Lwowitsch wurde in seine Zelle entlassen, aber gewarnt, dass er morgen zurückbeordert würde, um seine Aussage fortzusetzen. Damit er dies in ausreichend fröhlichem Zustand tun konnte, wurde der Gangaufseher angewiesen, den müden Häftling nicht zu stören, falls er tagsüber einschlief.

* * *

Rafail Lwowitsch schrieb in wenigen Abenden einen bereits hundertfach durchdachten Aufsatz. Es stellte sich als ganzes Traktat über die neuen Wege der Sabotage im Energiesektor heraus, die von Ingenieur Belokrinitskij erfunden und entwickelt worden waren.

In diesem Aufsatz stellte er sich als »umgekehrter« Erfinder dar, der von der Prämisse ausgeht, dass vulgäre Sabotage an bestehenden Stromsystemen, selbst durch schwere Unfälle und Pannen, der Volkswirtschaft nicht genügend Schaden zufügen kann. Unterbrechungen der Stromversorgung verursachen immer viel Lärm und Aufmerksamkeit und können daher nicht häufiger oder länger andauernd sein. Chefingenieur Belokrinitskij hat nicht nur die Zahl und Schwere der Unfälle in seinem

System nicht erhöht, sondern im Gegenteil die Unfälle energisch bekämpft. Er verringerte die Ausfallzeiten der Kraftwerke im System auf ein nahezu Allunions-Minimum.

Dank dessen brachte Belokrinitskij den Wert der vorhandenen Kapazität so nahe wie möglich an den Wert der eingestellten Kapazität, das heißt an den prinzipiell möglichen, und übertraf den Plan für die Stromversorgung der Industrieanlagen ständig. Auf diese Weise erwarb er sich einen Ruf als tadelloser technischer Leiter. Einige Jahre lang kam niemand auf die Idee, dass dieser Chefingenieur ein gefährlicher Schädling auf dem Gebiet der Stromqualität war.

Auf allgemein verständlichste Art und Weise, sogar mithilfe von Zeichnungen, erklärte Rafail Lwowitsch den Nichtspezialisten, wie er diese Sabotage durchführte. Es ist bekannt, dass industrieller Wechselstrom normaler Qualität grafisch als eine Kurve mit periodisch glatten Biegungen, der sogenannten Sinuskurve, dargestellt wird. Bei normalem Industriestrom treten diese Wiederholungen fünfzig Mal pro Sekunde auf. Der Ermittler nickte verständnisvoll, davon hatte er schon gehört.

Der Chefingenieur des Verbunds der Kraft- und Umspannwerke sorgt jedoch unter dem Vorwand aller möglichen Verbesserungen an den elektrischen Anlagen dafür, dass sich die Sinuswelle in eine Art Sägezahn verwandelt. Außerdem ordnet Belokrinitskij, angeblich um die Effizienz der Stromgeneratoren zu erhöhen, an, deren Drehgeschwindigkeit zu steigern, was zu einer Stromfrequenz von siebzig oder mehr Perioden pro Sekunde führt. Dies ist auch in der Abbildung deutlich zu erkennen, in der die Kurven des normalen und des verderblich entstellten Stroms nebeneinander dargestellt sind.

Mit gewöhnlichen Instrumenten lässt sich die Verschlechterung der Energieversorgung für die Betriebe nicht nachweisen – an diesem Punkt schämte sich der Autor innerlich für seine Lüge – was für einen Unsinn er da erzählt – aber es war eine fromme Lüge, und er fuhr fort.

Qualitativ veränderte Ströme beschädigen und zerstören Transformatoren, Elektromotoren und andere Energieanlagen in den Betrieben. Die Folge sind zahllose, wenn auch meist geringe Ausfallzeiten von Maschinen und Anlagen aller Art. Insgesamt haben sie erhebliche Auswirkungen auf die Erfüllung der staatlichen Pläne in allen Industriebereichen der gesamten Region. Man schiebt die Schuld auf die schlechte Qualität der Anlagen und ihren unsachgemäßen Gebrauch, aber niemand kommt auf die Idee, dass daran ein unscheinbares elektrisches Gift schuld ist, das der Ingenieur Belokrinitskij erfunden und das er jahrelang anstelle von qualitativ hochwertigem Strom eingespeist hat.

Der Ermittler betrachtete die Aussagen von Rafail Lwowitsch mit großem Interesse, ja sogar mit einer gewissen Ehrfurcht vor ihrem Verfasser. Er sprach ihn mit Vor- und Vatersnamen an und benutzte immer nur »Sie«; er bat oft um Erklärungen zur Technik. Wenn Rafail Lwowitsch solche Erklärungen gab, fühlte er sich manchmal ein wenig unwohl, da er Flausen in den Kopf des nicht sehr gebildeten und völlig inkompetenten Mannes setzte. Offensichtlich war dieser »Fone Kwas« mit dem Ergebnis der Untersuchung recht zufrieden. Schließlich trifft nicht jeder auf einen Saboteur, der ein Akademiker auf seinem Gebiet ist! Das ist nicht vergleichbar mit den Fällen, in denen es um Salz im Schweinefutter oder um Glasschliff in Traktorlagern geht!

Die Rechnung ging auf. Was die Anwerbung anbelangte, so wurde die Erklärung akzeptiert, dass der maßgeblich spezialisierte Chefingenieur Belokrinitskij keine Assistenten nötig hatte, die in seine Sabotageerfindungen eingeweiht waren. Sie wurden mit den Händen Ahnungsloser ausgeführt. Das schien der richtige Weg zu sein.

Nun galt es, die Unterzeichnung des Zweihundertsechsten und das Urteil abzuwarten. Der ehemalige Chefingenieur hatte nicht weniger als fünfzehn Jahre Haft für sich herausgeschlagen. Aber das spielte jetzt keine große Rolle mehr. Die Zeit würde kommen und der Verurteilte würde von einem weit entfernten Lager aus einen Antrag auf Wiederaufnahme des Verfahrens stellen und eindeutig nachweisen, dass die ihm vorgeworfene Sabotage technisch gesehen reiner Unsinn war.

Belokrinitskij tat das genaue Gegenteil von dem, was die meisten falschen Schädlinge wie Pjotr Michailowitsch taten. Er legte kein solides Fundament für seine Aussage, wie sie es taten, sondern eine Art Mine. Und er hielt die Zündschnur dieser Mine in seinen Händen.

Das Geheimnis dieser Mine teilte Belokrinitskij jedoch mit niemandem. Erstens konnte nur absolute Geheimhaltung den Erfolg dieses Schachzugs gewährleisten, und zweitens konnte der von ihm gefundene Schachzug seinen Zellengenossen nicht helfen.

* * *

Durch die Schlitze des Maulkorbs graute der Morgen. Es würde also bald Weckzeit sein. Zu dieser Stunde wird fast nie jemand zum Verhör gerufen, und Belokrinitskijs Aussage war bereits seit mehr als einer Woche beendet. Also wird er vorgeladen, um ein Formular zu unterschreiben, in dem steht, dass die Ermittlungen im Fall des Angeklagten – mit Namen Soundso – abgeschlossen sind. Alle Formalitäten werden im NKWD streng eingehalten, solange sie nicht das Wesen der Willkür beeinträchtigen.

Der bekannte Korridor war ruhig, die Arbeitszeit hier neigte sich dem Ende zu. Das Büro des Ermittlers wie auch sein Besitzer wirkten nicht mehr einschüchternd. Im grauen Licht des Fensters konnte man sehen, dass das Gesicht des sehr jungen Mannes nicht zornig, sondern nur alt vor Müdigkeit aussah.

– Setzen Sie sich, Rafail Lwowitsch! – der Ermittler füllte irgendein Formular aus, fuhr sich von Zeit zu Zeit mit der Hand über das Gesicht und rieb sich die rötlichen Stoppeln auf den Wangen. Seine Augen waren rot und die Lider geschwollen von der ständigen Schlaflosigkeit. Vor dem Hintergrund des Fensters zeichnete sich ein Drahtgitter ab, das im Licht von innen sonst unsichtbar war. Von der Straße aus war es wahrscheinlich bei jedem Licht unsichtbar. Belokrinitskij hat nicht aufgehört, hier immer neue Entdeckungen zu machen.

– Unterschreiben Sie! – der Ermittler schob das Formular an die Tischkante.

»Auf Grundlage von Artikel 206 des Strafgesetzbuches wird die Ermittlung im Fall ... abgeschlossen.« Das ist gut. Das bedeutet, dass seine Aussage endlich von allen Ermittlungsbehörden akzeptiert und anerkannt wird.

»Belokrinitskij, Rafail Lwowitsch ..., – danach folgten das Geburtsjahr, der Titel der früheren Position des Angeklagten und Nationalität, – ist angeklagt, Straftaten nach Artikel 58 des Strafgesetzbuches, Punkt 11 und 7, begangen zu haben«. Punkt 11 bezieht sich auf die Mitgliedschaft in einer konterrevolutionären Organisation, Punkt 7 auf wirtschaftliche Konterrevolution, das heißt Sabotage.

Die Übersetzung des Aufsatzes von Ingenieur Belokrinitskij in die Sprache des Strafgesetzbuches war korrekt vorgenommen worden. Die »Fone Kwas« haben ihre Dummheit, Ignoranz und die Unvermeidlichkeit ihrer zukünftigen Blamage unterschrieben. Auch der Autor der Schrift hat mit seinem Namen unterschrieben. Der Ermittler fuhr sich erneut mit der Hand über das Gesicht und drückte den Knopf, um den Wächter zu rufen.

* * *

In einer späten Nacht Ende April wurde Chatschaturow für alle völlig unerwartet aus der Zelle gerufen. Der Doktor sprach kaum noch und verstand nur wenig von dem, was gesagt wurde, selbst wenn es sich um die gewöhnlichsten Dinge handelte. Diejenigen, die sich an Armen

Grigorjewitsch in seinen ersten Wochen in der Zelle erinnerten, als er vielleicht übermäßig zappelig und nervös, aber sehr hellhörig für arglose Scherze und gesprächig war, erkannten ihn nur mit Mühe in dem graubärtigen altersschwachen alten Mann wieder. Der Einzige, der älter aussah als Armen Grigorjewitsch, war vielleicht der siebzigjährige Paronjan, ebenfalls ein Mitglied der Daschnakzutjun und Terrorist.

Paronjan, vor der Revolution Inhaber der größten Bäckerei der Stadt, war etwas früher als Chatschaturow verhaftet worden. Er gab sofort zu, einer armenischen terroristischen Organisation anzugehören. Genauer gesagt, er unterzeichnete einfach ein Papier, das der Ermittler für ihn geschrieben hatte. Dies war zwar nicht die Regel des NKWD, aber was sollte der Ermittler von Paronjan tun, wenn der Untersuchte völlig analphabetisch war und an ausgeprägter Altersdemenz litt. Dies war vermutlich der einzige Grund, warum der ehemalige Kaufmann und alte Bäcker nicht in das örtliche Daschnak-Zentrum aufgenommen wurde und ein gewöhnlicher »Bombist-Mauserist«[46] blieb, wie der Witzbold Chatschaturow ihn nannte.

Obwohl sich nur der Doktor in der Zelle auf »Cha« befand und er wach war, als der Futterkasten geöffnet wurde, reagierte Chatschaturow nicht auf den Ruf des Aufsehers. Mit gewisser Mühe erklärten die Nachbarn dem alten Mann, dass er sich anziehen und irgendwohin gehen müsse. Wohin, das war völlig unklar. Die Ermittlung in Chatschaturows Fall war längst mit der Unterzeichnung des Zweihundertsechsten abgeschlossen, und es wäre naheliegend gewesen, dass er ins allgemeine

Gefängnis verlegt wurde. Aber dorthin wurde zu diesem Zeitpunkt niemand gebracht.

Armen Grigorjewitsch fummelte schon lange an seinen Kleidern herum, obwohl seine Nachbarn versuchten, ihm zu helfen und der Aufseher ihn wütend von der Türschwelle her drängte. Lange Zeit hielt er die Zellentür weit offen. So konnte man sehen, dass aus irgendeinem Grund zwei Begleiter, die nicht wie gewöhnliche Wächter aussahen, im Korridor auf Chatschaturow warteten.

Als der taumelnde Doktor nur noch zwei Schritt von der Schwelle entfernt war, packte ihn der Aufseher an den Ärmeln und zog ihn mit Gewalt in den Korridor. Dort wurde Armen Grigorjewitsch sofort von einem grobschlächtigen Begleitposten unter die Arme gegriffen und fortgeschleift, so wie die Polizei einen betrunkenen Burschen fortschleift, der sich ihr heftig widersetzt. »Zum Militärkollegium«, stellte der ehemalige Staatsanwalt finster fest.

Auch Berman war nun still und mürrisch. Aus irgendeinem Grund wurde er nicht zum Verhör vorgeladen, obwohl die Frist dafür längst verstrichen war. Michail Markowitsch wurde stoppelig, schmutzig und verzottelt, fast wie alle anderen. Die Hitze und die stickige Luft in der Zelle waren nun auch nachts unerträglich. Tagsüber war es reine Folter. Trotz des nahenden Sommers war die Heizung immer noch heiß.

Am Morgen verlangte der Aufseher Chatschaturows Sachen.

* * *

Der Mai dieses Jahres war von Anfang an ein heißer Monat gewesen. Für die Häftlinge des Inneren, insbesondere für diejenigen in den Kellerzellen, bedeutete dies ein brutales und immer größer werdendes Elend. Tagsüber wurde die Luftzufuhr zu den Zellen fast vollständig unterbrochen. Um zehn oder elf Uhr morgens erhitzte sich das Eisenblech vor dem Fenster in der Sonne und wurde neben den elenden Heizkörpern zu einem weiteren Ofen.

Die gasförmige Substanz, die nun die Kammer füllte, konnte nur bedingt noch als Luft bezeichnet werden. Ein Streichholz darin brannte nur so lange, bis sein Kopf ausbrannte, Holz und Papier konnten nur schwelen.

Selbst die Gefängniswärter, die an vieles gewöhnt waren, standen nicht mehr wie sonst im Eingang zur Zelle, sondern ein Stück von der offen stehenden Tür entfernt. Doch wenn sie die Liste der Gefangenen lasen, rümpften sie die Nase im stinkenden Schwall, der aus dem Sack voller Menschen drang. In der Zweiundzwanzigsten befanden sich dreiundzwanzig Männer. Die Verbrachten waren durch neue Gefangene ersetzt worden.

Die fast nackten Menschen saßen auf dem Boden und wischten sich den ständig fließenden Schweiß mit ihren Hemden ab. Waren die Hemden nass, wurden sie über den Schüsseln ausgewrungen, die auf dem Boden standen, eine für jeweils vier Personen. Der Schweiß aus den gefüllten Schüsseln wurde in den Kübel gegossen.

Fast jeder hatte einen roten juckenden Ausschlag auf der Haut – Schweißbläschen. Sie wurden durch Salz verursacht, das sich an der Körperoberfläche ansammelte, wenn die Hautsekrete verdunsteten. Nur einmal am Tag, beim morgendlichen Waschen, war es möglich, mit einer von Wasser benetzten Hand unter dem Wasserhahn in der Latrine über die entzündete Haut zu fahren. Die Latrinen hier, eine für jedes Stockwerk, waren jedoch für Einzel- und Doppelzellen ausgelegt. Nun waren bis zu dreißig Menschen in diesen kleinen Zellen zusammengepfercht, und sie wurden alle auf einmal hinausgeführt, um sich zu reinigen, wobei sie ständig gestoßen und gedrängt wurden. Abends wurden die Wasserhähne zugedreht, das abendliche Waschen war unnötiger Luxus.

Die Unterhaltungen in den Zellen waren fast verstummt. Nicht nur das gesprochene Wort, auch jeder Atemzug kostete eine eigene quälende Anstrengung; noch die kleinste, nicht nur körperlich, auch nervlich, wurde von einem Strom von Schweiß begleitet. Nach zehn Uhr morgens kam es zu einer regelrechten Erstickung, und vielen schien es, als ob sie den Tag nicht überleben könnten.

Die Berührung des heißen, dampfenden Körpers des Nachbarn war unerträglich und verursachte Übelkeit und Ekel. Allmählich wurde alles an diesem Mann – Blick, Stimme, Atem – hassenswert. Die Menschen, die zu unfreiwilligen und gegenseitigen Peinigern geworden waren, zu Instrumenten und Objekten der Folter zugleich, begannen sich tierisch zu hassen, ähnlich dem Hass von Spinnen, die in ein enges Glas gepfercht sind. Sie konnten dies nur mit Worten ausdrücken, und auch nur in den frühen Morgenstunden, als es noch möglich war, sich der Sprache zu bedienen. Später erforderte das

Sprechen aufgrund des Luftmangels eine fast unerträgliche Anstrengung.

Der Einzige, der selbst in diesen Stunden des allgemeinen Gezänks schwieg, war Koschenko. Er saß immer noch mit ausgestreckten Beinen da, der Einzige in der ganzen Zelle, der mit Hemd und Hose bekleidet war. Auf der Stirn und an den Schläfen des alten Mannes sammelte sich der Schweiß, aber es war unmöglich zu sagen, ob er die Hitze spürte oder nicht. Wären da nicht diese Schweißtropfen, hätte man ihn bisweilen für tot halten können.

Doch eines Tages, während eines besonders giftigen morgendlichen Streits, hob dieser Halbtote plötzlich seine Hand und sagte deutlich hörbar:

– Auf ein Wort, bitte!

– Was habt ihr hier, eine Kundgebung? – fragte jemand, der erst kürzlich in die Zelle gekommen war.

In den letzten Wochen hatte sich die Belegschaft der Zelle um mehr als die Hälfte erneuert. Und da es außer dem morgendlichen Gezänk fast keine Kommunikation zwischen den Zellengenossen gab, wusste keiner der Neuankömmlinge von der Vergangenheit des alten Sträflings. Aber sie hassten ihn mehr als die anderen, denn der gelähmte Mann nahm viel Platz ein und verstärkte die allgemeine Qual der Enge.

Mithilfe seiner Nachbarn auf das linke Bein gestützt – er spürte es noch ein wenig – stand Koschenko auf, lehnte sich an die Wand und rieb sich den Unterkiefer. Mit diesem Kiefer machte er langsame Bewegungen, ähnlich wie beim Kauen. Die Streitenden sahen ihn abschätzig und wütend an.

– Kameraden! – sagte der alte Potemkinist mit gedämpfter Stimme und Mühe, die Worte auszusprechen. – Wie benehmen Sie sich? Wir sind hier keine Kriminellen, wir sind politische Gefangene ...

– Stalin hat gesagt, dass es in der Sowjetunion keine politischen Gefangenen geben kann, sondern nur Kriminelle! – rief einer der Neuankömmlinge vom Kübel her.

Das war ein großer Kenner von Stalins Rhetorik und Äußerungen. Der noch sehr junge Mann hatte längst bemerkt, dass das Ausrufen rechtgläubiger Dogmen und die Verherrlichung des Führers der kürzeste und einfachste Weg zur Karriere sind. Doch die Karriere des lauten Orthodoxen war erst kürzlich abgebrochen. Seinen Glauben an die Macht unterwürfiger und rechtschaffener Phrasen hatte der junge Sesselfurz-Scholastiker jedoch auch hier beibehalten. Selbst auf dem Kübel, fuhr er fort, unterwürfige Tiraden über die Unfehlbarkeit des NKWD auszustoßen. Das hiesige Gerede über die Anwendung von Gewalt – durch die NKWD-Organe – während der Ermittlungen bezeichnete er als böswillige Feindverleumdung.

Er, ein Sowjetmensch, der natürlich nur durch ein Missverständnis hierhergekommen war, will nicht auf sie hören. Michailow sagte einmal, dass nur eine investigative Faust einen solch hoffnungslosen Sownarren wirklich zum Schweigen bringen könne. Aber er war noch nie zu einem Verhör vorgeladen worden und blies sich weiter auf, offenbar in der Hoffnung, dass seine politische Tugendhaftigkeit auch hier bei den Vorgesetzten bekannt werden würde.

– Wenn Sie ein ehrlicher Mensch sind, – sagte Koschenko und rieb sich mehrmals den Kiefer – wie können Sie es dann zulassen, mit einem Kriminellen gleichgesetzt zu werden ...

– Wir wollen kein provozierendes Gerede hören! – kreischte der Loyalist.

Abrupt, wie durch einen plötzlichen Stoß oder Stromschlag, hob der alte Mann den Kopf und die Hand. Doch anstatt auf die für den alten Revolutionssoldaten unerträgliche Beleidigung zu reagieren, stieß er ein Geräusch aus, das einem scharfen und tiefen Seufzer glich. Die erhobene Hand des Alten fiel und sein Kopf senkte sich schwer auf seine Brust. Und der ganze knochige und schwere Mann begann sich schwerfällig niederzulassen und rutschte mit seinem breiten, steif aufgerichteten Rücken gegen die Wand.

Nach ein paar Minuten saß der Potemkinist wieder auf seinem Platz, den Kopf wie immer gesenkt und die Arme vom Körper hängend. Erst als man den Fraß brachte, stellte sich heraus, dass Koschenko seine Hände nicht mehr nach der Schüssel strecken konnte. Sprechen konnte er auch kaum. Nur einmal mit großer Anstrengung und so, als wolle er etwas herunterschlucken, das ihm im Hals steckte, erhob der alte Matrose leicht den Kopf und sprach undeutlich:

– Es war vergebens ... damals, im fünften[47] ... und ... – er beendete den Satz nicht und ließ den Kopf auf die Brust fallen, und nach einer Weile, ohne zu versuchen, ihn zu heben, wiederholte der alte Mann gedämpft: »Alles war vergebens ... alles ...« Nicht ein einziger Ton war von ihm noch zu hören.

Der Feldscher betrachtete lange den Gelähmten durch die Futterluke, dann ging er irgendwohin. Als er zurückkam, befahl er, ihn auf den Korridor zu tragen. Der schwere Körper wurde mühsam durch die Zelle gewuchtet und an die Wand hinter der Tür gelegt. Dann hörte man, wie irgendwelche Leute kamen, den Kranken hochhoben und ihn hin zum Ausgang des Korridors trugen. »Es wäre wahrscheinlich besser gewesen, wenn der Matrose in der Katorga des Zaren gestorben wäre ...« – sagte einer der alten Insassen der Zelle. Der SR Michailow saß, die Handfläche auf das schmerzende Ohr gepresst, die Zähne so fest zusammengebissen, dass sein grauer Bart aus den Vertiefungen seiner Wangen hervorquoll. Unter Lawrentjews Handfläche, mit der er seine Augen bedeckte, rollten langsam Tränen hervor. Berman, der ganz still geworden war, starrte mürrisch auf den Boden.

* * *

Belokrinitskij wurde aus irgendeinem Grund nicht in das allgemeine Gefängnis verlegt. Jetzt betrachtete er es als ein Paradies, eine Art gelobtes Land. Über das Allgemeine wurde erzählt, dass es in einigen Zellen sogar Pritschen gab. Dass man nicht wie die Sardine daliegen musste und sogar auf dem Rücken liegen konnte. Nachts wurde niemand aus den Zellen geholt, und tagsüber wurde man für zehn oder sogar fünfzehn Minuten in spezielle Höfe für Spaziergänge geführt!

Die Frist für die Verlegung in dieses Gefängnis war bereits verstrichen. Im Inneren waren nach der Unterzeichnung des Zweihundertsechsten nur noch diejenigen, deren Fall an das Militär weitergeleitet wurde. Berman zuckte bei Rafail Lwowitschs Fragen verwundert mit den Achseln. Unabhängig davon, wie viele Pannen und künstlich herbeigeführte Ausfallzeiten der ehemalige Chefingenieur selbst verschuldet hatte, fiel sein Fall eindeutig in die Zuständigkeit der Spezkollegien.

Die uralte Wahrheit, dass der Mensch den Wert der einfachsten – und auch der wertvollsten – Güter des Lebens erst dann begreift, wenn er ihrer beraubt ist, erfuhr Rafail Lwowitsch nun am eigenen Leib. Er war überrascht, dass er die berauschende Schönheit alltäglicher Luft nicht früher bemerkt hatte. Er hatte nicht gewusst, dass dieses unbezahlbare Geschenk der Natur so viele süße Töne hat. Er erinnerte sich an die feuchte und herbe Luft des Vorfrühlings, die starke und würzige Luft des Winters. Sogar die Sommerluft der städtischen Straßen, die immer ein wenig nach Staub und Benzin roch. Und auf der ruhigen Straße, wo dieses tote Haus sich erhebt, duftete es jetzt nach Jasmin und Flieder, die hinter den Zäunen blühten. Allein von dem Gedanken, solche Luft atmen zu können, wird der Kopf schwindelig und das Herz bebt vor Freude.

Allgemein waren die Vorstellungen von Glück hier extrem vereinfacht, auf ihre ursprünglichen Gefühle und Bilder reduziert, und hatten kaum noch etwas mit der Komplexität des modernen Lebens zu tun. Wurde die Erinnerung durch Gerüche aufgewühlt, dann nur durch die einfachsten. Die Luft, frisches Brot, saubere Körper, frisch gewaschene Wäsche. Auch die Erinnerungen an

Farben und ihre Kombinationen waren einfach. Schattierungen des Grüns, des blauen Himmels, der rosafarbenen Sonnenuntergänge …

All dies war irgendwo in der Nähe, ganz dicht, aber es schien beinahe mythisch, weit entfernt in der Unendlichkeit von Raum und Zeit. Die wirkliche, die einzige reale Welt, ist nur die Welt dieses Gefängnisses, mit ihrer Gewalt, ihrem dumpfen Elend, ihrer unerbittlichen Trauer, ihrer Angst und ihrer Wut.

* * *

Ein heißer südlicher Sommer steht bevor, und die Sonne heizt den Asphalt des Gefängnishofs, die Mauern und die eisernen Blenden vor den Fenstern immer mehr auf. Die Menschen in den überfüllten Zellen kochen buchstäblich von morgens bis abends. Ihre Körper brennen von Schweißbläschen, als wären sie mit Terpentin beschmiert. Die Hemden, mit denen sich die Gefangenen den Schweiß abwischen, sind schwer und glitschig geworden. Die Berührung dieser Lappen ist ekelerregend. Die Poren sind mit Schmutz verstopft und nehmen kein Sekret mehr auf.

In der Zelle wurde kürzlich eine überraschende Entdeckung gemacht. Es stellte sich heraus, dass der Schmutz und der Schweiß, der sich in einem unvorstellbaren Ausmaß auf dem Körper und der Kleidung ansammelten, auch eine positive Wirkung hatten – die Fähigkeit, Insekten zu töten. Die Läuse waren völlig verschwunden. Jede Einzelne von ihnen war durch menschliche Hautsekrete

abgetötet worden, die sich in dieser Konzentration selbst
für sie als tödlich erwiesen.

* * *

Eines Tages wurde in die Zweiundzwanzigste ein neuer,
krankhaft fettleibiger Häftling, ein ehemaliger Buchhal-
ter, gequetscht und auf den üblichen Platz neben den Kübel gepresst. Er wurde sofort und von allen gehasst, da der
Dicke den biologischen Druck in der Kammer stärker er-
höhte, als es zwei Menschen mit normalem Volumen hätten tun können. Fast den ganzen Tag saß er mit offenem
Mund da wie ein gestrandeter Fisch und atmete mit keu-
chendem und pfeifendem Geräusch. Nachts konnte der
Neue nicht auf der linken Seite liegen – er hatte ein Herz-
leiden – und er brachte die strenge Reihenfolge der Dre-
hungen auf Kommando durcheinander, vor allem in der
vorderen Kübelecke. Deshalb, als der Dicke in der Mitte
des Tages anfing, besonders schlimm mit den Augen zu
rollen und, sich das Herz haltend, sein übliches »Luft,
Luft ...« zu murmeln, hatte niemand Mitleid mit ihm.

Am dritten oder vierten Tag in der Zelle kam zum üb-
lichen Keuchen des dicken Häftlings noch ein gurgelndes
Geräusch hinzu. Er lehnte sich zurück, hob seine drei
Kinne zur Decke und stützte sich schwer auf den Mann,
der hinter ihm saß. Dieser trat ihm wütend mehrere
Male in den prallen Rücken und stand schließlich auf.
Der Dicke fiel nach hinten, immer noch keuchend und
nach Luft schnappend.

Im vorderen Teil der Zelle standen alle auf und rückten

zur Seite, um den am Boden liegenden Mann nicht vor dem Aufseher zu verdecken, der misstrauisch durch den Futterkasten blickte. Es gibt inzwischen viele dieser Heuchler, die Theater vorspielen, um für ein paar Minuten auf den Gang oder zur Latrine begleitet zu werden. Besonders unter diesen, den fetten ...

Nachdem Chatschaturow weggebracht worden war, gab es keinen Arzt mehr in der Zelle, und Berman überwachte den Puls des Herzpatienten. Er lag immer noch da, die Augen unter die Stirn gerollt, und seine Atmung war immer noch schwer, mit dem gleichen Pfeifen und Gurgeln.

Plötzlich spannte sich etwas unter der losen Fettmasse an, und eine Welle schien sie zu durchlaufen. Der Dicke zuckte, kratzte mit seinen krummen Fingern über den Zementboden, seufzte kurz, als ob er erleichtert wäre, und verstummte.

– Das war's! – sagte Berman, als er sich erhob.

Der Aufseher, der die ganze Zeit am Fensterchen gestanden hatte, starrte den Toten einen Moment lang an und öffnete dann die Tür:

– Bringt ihn raus! – Der schwere Körper wurde geholt und auf denselben Platz hinter die Tür gelegt, auf dem Koschenko einige Tage zuvor gelegen hatte. – Gebt seine Sachen her! – befahl der Aufseher.

Und am Abend kündigte derselbe Aufseher Berman an: »Mach dich fertig, mit allem!« Offenbar wurde der ehemalige Staatsanwalt irgendwohin gebracht, ohne dass er jemals zu einem Verhör vorgeladen wurde.

– Wo bringen sie Sie denn hin, Michail Markowitsch? –

fragte Belokrinitskij ihn wehmütig. Die meisten waren an die Vorstellung gewöhnt, dass Berman alles wissen musste, sogar sein eigenes Schicksal.

– Ich fürchte, nach Moskau, in die Lubjanka[48], antwortete er und zog sich mit einer für ihn ungewöhnlichen Nervosität an. – Ich werde offenbar aus dem allgemeinen Strom herausgezogen. Eine große Ehre! – Er grinste schief. – Ich wünsche Ihnen, dass Sie von hier wegkommen, ich glaube, ich werde es kaum schaffen ...

Der ehemalige Staatsanwalt reichte Rafail Lwowitsch die Hand, vielleicht genau dieselbe Hand, die den Befehl zu seiner Verhaftung unterzeichnet hatte. Aber auch wenn Belokrinitskij sich dessen sicher wäre, selbst dann hätte er Berman gegenüber keinen Groll gehegt. Er wusste jetzt, dass der Staatsanwalt keineswegs der Führer der Maschine der Gesetzlosigkeit und Willkür war, sondern nur ein Teil von ihr. Und mehr dekorativ als wirklich funktionierend. Die Maschine selbst spielte verrückt und schien Amok zu laufen, wie die Mechaniker von Geräten sagen, über die man die Kontrolle verloren hat.

Die Tür öffnete sich, und dahinter stand der Gefängnisdiensthabende. Dies bestätigte Bermans Vermutung, dass er zu einer entfernten Etappe gebracht werden sollte. Er zeigte mit den Augen zum Diensthabenden, grinste sein traurig-ironisches Grinsen und ging hinaus.

Auf dem Korridor ertönte der Zapfenstreich. Noch ein Tag war vergangen, quälend, schleppend, wie alle die anderen auch. Die Nacht kam.

Was für eine willkommene, wenn auch nur vorübergehende Befreiung von der Wehmut, den bitteren Gedanken, körperlichen Leiden wäre es gewesen, wenn sie Ruhe und Schlaf mit sich gebracht hätte. Aber selbst jetzt, elf Uhr abends, war in der Zelle noch immer nicht zu atmen. Irgendwo da draußen, jenseits dieser geheizten Wände, herrscht ein gesegneter Maiabend. Aber hier brachte der Juckreiz der hautfressenden Schweißbläschen, der Ekel und die tierische Wehmut einen dazu, zu schreien, zu heulen und sinnlos ausbrechen zu wollen, zu rasen.

Viele der Insassen des Inneren standen an der Grenze zum Nervenzusammenbruch. Einige hatten diese Grenze bereits überschritten. Ordnung und Ruhe des Gefängnisses wurden immer öfter von seinen Bewohnern, die in einem Zustand hysterischen Aufruhrs waren, gestört. Meist begann es damit, dass jemand in einer der Zellen etwas schrie. Sofort wurde mit dem Futterkasten geknallt und der Aufseher brüllte wütend zurück. Das half jedoch nur selten, da es schwierig war, den begonnenen hysterischen Anfall zu stoppen. Einige Leute eilten dem Gangwärter zu Hilfe, das Klirren der aufgeschobenen Riegel war zu hören, und der aufmüpfige Gefangene wurde auf den Gang gezerrt. Man hörte, wie ihm die »Birne« – so wurde ein verbesserter Knebel genannt, ein hohles Gummiobjekt, das sich nach vornehin ausdehnt – in den Mund gestopft wurde. Dann wurde der Unruhestifter irgendwohin geschleppt, wahrscheinlich in eine Strafzelle. Aber nicht mit allen konnte man schnell fertigwerden. Neulich konnte ein Mann, der randaliert hatte, sehr lange nicht gefesselt werden. Offenbar war es ein sehr kräftiger Mensch, der immer wieder ausbrach und schrie: »Wofür? Wofür?«

Trotz all der Qualen und Abscheulichkeiten stellte sich ein unruhiger Anflug von Schlaf ein. Das Brennen auf der Haut und der Schmerz im ganzen Körper, der vom stundenlangen Sitzen in derselben Position herrührte, waren nicht mehr ganz so stark. Letzterer würde bald von neuem Schmerz durch das unbequeme Liegen abgelöst werden, aber für den Moment, zumindest bis zum ersten Klappern des Futterkastens, würde es eine kurze Zeit des Vergessens geben. Am Ende des Ganges rumpelte eine Tür, was darauf hindeutete, dass die nächtlichen Verhöre bereits begonnen hatten.

– Staa-lii-i-in! – rollte plötzlich ein lauter Schrei durch den Korridor. – Kannst du mich hören, Sta-a-lin?

Vom Ausgang in das Vernehmungsgebäude rannten drei Männer. Wahrscheinlich waren es der Häftling, der bei der Vorladung zu einem weiteren Verhör abgehauen war, sein Begleiter und der Gefängniswärter. Die Wärter holten den aufmüpfigen Häftling in der Sackgasse des Ganges ein, und es begann die übliche Fummelei des Fesselns. Aber zwei Menschen reichten nicht aus, und der hysterische Mann schrie unfassbar laut weiter. In dem stillen Gefängnis schien dieser Schrei alle Wände und alle Decken zu überwinden.

– Die Partei wird vernichtet, Stalin … – Von der Ausgangsseite des Treppenhauses war das Aufstampfen mehrerer Fußpaare zu hören: Hilfe hastete den Bedrängten zu. – Die Feinde des Volkes sind nicht im Gefängnis, Stalin! Sie sind …, – der Schrei ging in ein Muhen über, dann brach plötzlich wieder ein heiseres, wie tierisches Brüllen aus, – … sie sind im Enkawede, Sta… – und verschluckte sich. Dann ertönten die massiven Schritte von Männern, die etwas Schweres schleppen. In der Ferne schlug eine Eisentür, und alles war still.

Nervös zitternd lauschten die Männer in die entstehende Stille. Belokrinitskij spürte, dass auch er einer nervösen Erregung erlegen war, die unkontrollierbar zu werden drohte. So also entsteht der Zustand der Gefängnispsychose, über den er zuvor einmal gelesen hatte. Nicht ohne Interesse, nein, aber auch nicht ohne Ahnung, dass es eines Tages auch ihn treffen könnte.

– Kameraden, – sagte jemand, der unter der Vorderwand saß, – die Heizung ist ja aus!

Alle, die näher dran waren, streckten ihre Hände nach dem Folterinstrument, in das der harmlose Gegenstand hier verwandelt worden war, aus. Es stimmte, der Heizkörper begann abzukühlen. Den Gefängniswärtern war vermutlich klargeworden, dass, wenn alle Verhafteten verrückt würden, die Ermittler niemanden hätten, der die so dringend benötigten handschriftlichen Geständnisse nicht begangener Verbrechen unterschreibt.

Die Hitze in der Zelle ließ spürbar nach. Es war ein freudiges Ereignis, das die Atmosphäre der nervösen Anspannung entschärfte. Wenn sie aufs Äußerste strapaziert wird, gerät die Psyche oft in einen Zustand, der einem instabilen Gleichgewicht ähnelt. Und je nachdem, in welche Richtung ein kleiner Anstoß von außen zielt, kann entweder Aufruhr oder Ruhe eintreten.

Rafail Lwowitsch schlief so fest ein, wie er hier noch nie eingeschlafen war. Er hörte weder das Klicken des Futterkastens noch den Ruf nach »Be«.

– Belokrinitskij, für Sie! – rüttelte ihn sein Nachbar an der Schulter. – Sieh mal an, wie er sich eingelebt hat!

Der Aufseher starrte wütend durch den Futterkasten. Offenbar war er die bekannten Worte »Mach dich fertig, schnell!« nicht gewöhnt und öffnete die Tür sofort. Dahinter warteten nicht nur der eine, sondern zwei Begleiter. Das war's also, er sollte vor das Gericht des grimmigen Kollegiums gebracht werden!

Belokrinitskij hatte lange versucht, sich an den Gedanken zu gewöhnen, dass sein Fall ausgerechnet diesem Gericht zugewiesen worden war, obwohl er nicht verstehen konnte, warum. Berman hatte jedoch vorgeschlagen, dass der Fall von Rafail Lwowitsch aufgrund der Art und Weise, wie das NKWD die Aussagen der Verhafteten abarbeitete, als besonders wichtig eingestuft worden sein könnte. Bei dieser Bearbeitung, deren Ziel die Erstellung einer Anklageschrift ist, dem wichtigsten Dokument für die Übermittlung des Falles an die Gerichte, wird aus einer Fliege gewöhnlich ein Elefant. Belokrinitskij wusste, dass er mit seiner Aussage bereits einen »Elefanten« gesetzt hatte. Multipliziert mit dem Eifer der Verfasser des Anklagegrundsatzes könnte dieser Elefant tatsächlich zu einem ganzen Leviathan werden. Dementsprechend kann die Strafe auch streng sein, bis hin zu – volle Ladung – fünfundzwanzig Jahren. Aber ist das nicht egal? Schließlich würde eine solche Verurteilung auf demselben Unsinn basieren, den der Angeklagte dem NKWD untergejubelt hatte. Und ganz gleich, in was die tendenziösen, aber kurzsichtigen »Fone Kwas« diesen Unsinn transformieren, ganz gleich, wie schrecklich sie selbst dabei erscheinen mögen, jedes Urteil, das sie fällen, wird eine Konstruktion sein, unter der der von ihnen Verhaftete eine Bombe platziert hätte, gestopft mit münchhäusischem Blödsinn, eine lächerliche Erfindung.

Doch trotz dieser psychologischen Vorbereitung wiederholte sich, was bei seiner ersten Vorladung zum Verhör passiert war. Vernünftige Überlegungen und Schlussfolgerungen trugen wenig dazu bei, die unaufhaltbare Nervosität zu mildern, die zu Verwirrung und unnötiger Eile bei der Vorbereitung zum Verlassen des Raumes führte. Sie wurde durch das ungeduldige Drängen des Aufsehers, der auf der Schwelle stand, noch verstärkt. Wieder das nervöse Zittern in den Händen und der verstörende Kampf mit den Schnüren. Das Hemd verursachte nicht unerhebliche Scherereien. In der Hitze, nass und schleimig von Schmutz, der es durchtränkt hatte, war es jetzt trocken und steif wie Holz. Das Hemd knisterte und kratzte beim Anziehen schmerzhaft auf der entzündeten Haut. Gut, dass Rafail Lwowitsch auf den klugen Rat von irgendwem hin die verdammten Manschetten an den Rippen des Heizkörpers gerieben und abgerissen hatte. Was einst ein gestärktes Hemd gewesen war, war nun in einen schäbigen Lappen von der Farbe eines braunen Stiefels verwandelt, der lange nicht mehr geputzt worden war. In seinen Kleidern verheddert und auf seine Nachbarn tretend, zog sich Belokrinitskij endlich schlecht und recht an und trat an die Schwelle. Die Begleiter an der Tür packten ihn an den Enden seiner Jackenärmel, verdrehten sie, bis die Handgelenke schmerzten, und schleppten den Häftling so schnell zum Ausgang, dass er kaum mithalten konnte. Als Rafail Lwowitsch in das Zimmer geführt wurde, fiel ihm ein hart gleißendes Licht in die Augen. Unter der Decke der großen Gefängniszelle mit zwei vergitterten Fenstern brannte eine starke elektrische Lampe, etwa fünfhundert Kerzen stark. Belokrinitskij drückte seine Augen fest zu – es war unmöglich, sie mit der Hand zu bedecken, denn die Begleiter hielten ihn immer noch fest an den Ärmeln. Warum hielten sie ihn? Und wofür brauchte man ein solches Licht, das vor allem in den ersten Minuten für diejenigen unerträglich war, die Wochen und Monate unter der funzligen Zellenbirne verbracht hatten? Könnte es ein weiteres Mittel zur Beeinflussung des Gefangenen sein?

Die nervöse Aufregung verflog dieses Mal schnell. Es half zu wissen, dass ihm zumindest im Moment kein körperliches Leiden drohte. Belokrinitskijs gewohnt scharfem Blick und nüchternem Denken kam der kurze, aber erholsame Schlaf in der Zelle sehr zugute.

Es gab keine Barriere, hinter der die Angeklagten normalerweise sitzen, auch nicht die berühmte Bank. Die Wachen führten nur Rafail Lwowitsch ein wenig von der Tür weg, ohne seine Ärmel aus den Händen zu lassen, und stellten ihn dicht an die Wand. Direkt gegenüber stand in einiger Entfernung ein Tisch, an dem mit blitzenden Karos in den Knopflöchern und den Insignien der Militärjuristen drei Männer saßen. Abseits saß an einem kleinen Tisch ein vierter, adretter Offizier mit einem kleinen Schnauzbart und schrieb. Außer den beiden Tischen und vier Stühlen gab es keine weiteren Möbel im Raum.

Das ist also das schreckliche Kollegium! Die Richter

sahen müde, mürrisch und düster aus. Natürlich konnte da nichts Gutes herauskommen. Aber sie waren nicht einmal Spieler in dem Spiel, das Belokrinitskij mit »Fone Kwas« eingefädelt hatte, sondern Schachfiguren, gerade einmal Bauern. Die Initiative in diesem Spiel und der letzte, entscheidende Zug liegen nach wie vor nicht bei ihnen, sondern allein bei dem Opfer, das ihrem Willen unterworfen ist. Der Mut des Denkens, der Rafail Lwowitsch auszeichnete, war keineswegs mit dem Mut des Geistes vereinbar. Dennoch gelang es ihm, sich in eine fast humorvolle Stimmung zu versetzen. Ihm kam ein Volksmärchen in den Sinn, in dem der Held im Kartenspiel eine verzweifelte Wette mit einer bösen, unfreundlichen, aber kurzsichtigen Macht eingeht. Ähnelte er jetzt nicht dieser Figur, indem er seine kleine Schlauheit der unermesslichen und bösen Macht des NKWD gegenüberstellte?

Doch wie sehr man sich auch in der Überzeugung vom glücklichen Ausgang des beabsichtigten Spiels bestärken mag, es fällt schwer, das Gefühl des unfreiwilligen Gruselns abzuschütteln, das der Umstand einer nächtlichen Verhandlung in einem hervorruft. Der düstere, leere Raum in dem stillen irdischen Jammertal, wie ein alter Anwalt die NKWD-Gefängnisse genannt hatte, die mürrischen Wachen, die Angst zu haben scheinen, dass der Angeklagte sich aus ihren Händen reißt und sich auf die Richter stürzt. Und vor allem die Richter selbst, insbesondere der dünne alte Mann, der in der Mitte sitzt, mit rasiertem Kopf und schmalem, faltigem Gesicht; es wirkt beängstigend starr und unnachgiebig. Aber vielleicht sind es die scharfen, fast senkrechten Falten im Gesicht des Vorsitzenden des Kollegiums, die diesen Eindruck vermitteln?

Der Vorsitzende erhob sich von seinem Platz.

– Angeklagter, nennen Sie Ihren Namen, Vornamen, Vatersnamen! – Die Stimme des obersten Richters klang rau, feindselig und distanziert.

Belokrinitskij nannte.

– Sie werden vom Militärkollegium des Obersten Gerichtshofs der UdSSR verurteilt. Bestätigen Sie die von Ihnen während der Voruntersuchung gemachten Angaben?

Ja, der Angeklagte bestätigt sie.

Keine weiteren Fragen wurden gestellt. Der Vorsitzende nahm ein maschinengetipptes Papier vom Tisch:

– Verlesen des Urteils im Fall Rafail Lwowitsch Belokrinitskij ...

Von dem ehemaligen Staatsanwalt wusste Belokrinitskij fast alles über das Militärkollegium. Der Ablauf seiner Sitzungen beschränkt sich im Wesentlichen auf die Verkündung eines bereits vorbereiteten Urteils. Das Urteil wird auch für die Sitzungen aller anderen Gerichte in konterrevolutionären Fällen im Voraus vorbereitet. Zumindest aber wird dort die gerichtliche Untersuchung dargestellt. Hier wird sogar das für überflüssig gehalten. Und es ist richtig, wenn man Theater vorspielen will, dann muss man sich beeilen! Es ist nur unklar, welchen Zweck die Vorladung des Angeklagten angesichts des schrecklichen Gerichts überhaupt hat? Ist es nur, um seine eindrucksvolle Erscheinung vor ihm zu demonstrieren? Und der Vorsitzende fuhr fort, das Urteil mit seiner rauen, etwas blechernen Stimme zu verlesen:

– ... nach Prüfung des Falles in Bezug auf die Anklage ... der Begehung von Straftaten gemäß den Absätzen I und VII des Artikels 58 des Strafgesetzbuches ...

Natürlich, verehrte »Fone Kwas«, ist der Angeklagte diesen schrecklichen Absätzen des schrecklichen Artikels zufolge schuldig. Schließlich war er es, der die glatte Sinuskurve bis zur Unkenntlichkeit verunstaltet und in böswilliger Absicht die mächtigen Turbogeneratoren schelmisch wie Kinderkreisel gedreht hat.

– ... auf Grundlage der vorgerichtlichen und gerichtlichen Untersuchung ...

Bei der gerichtlichen Untersuchung handelt es sich offensichtlich um die beiden Fragen, die dem Angeklagten gerade gestellt wurden. Aber auch sie sind nur ein Tribut an eine archaische Form. Wenn diese Richter sich von ihrem offiziellen Pharisäertum befreien könnten, hätten sie diesen Satz folgendermaßen beginnen müssen: »Soundso, der unter Folter (oder unter Androhung von Folter) Verbrechen gesteht, die er nicht begangen hat, aber aufgrund seiner Klassenherkunft begangen haben könnte, wird verurteilt zu ...« Der Mann in zerknitterter Kleidung, von Stoppeln überwuchert und schmutzig, eingeklemmt zwischen zwei bewaffneten Begleitern, die ihm weiterhin die Arme festhielten, guckte fast spöttisch auf seine Richter. Obwohl genau er im Urteil als jener Mann bezeichnet wurde:

– ... Mitglied einer geheimen kriminellen Vereinigung, deren Ziel es war, die Verteidigungskraft der Sowjetunion durch wirtschaftliche Konterrevolution zu untergraben.

Belokrinitskij war aktiv an Sabotageakten im Bereich der Stromproduktion beteiligt, und zwar mit speziellen Methoden, die er selbst erfunden und wissenschaftlich entwickelt hat ...

Sieh nur an, »wissenschaftlich entwickelt« ... Schmeichelhaft. Michail Markowitsch hatte recht behalten. Zum Kollegium war er aufgrund des Eifers der Verfasser der Anklageschrift gekommen.

– ... die außergewöhnliche Ergebnisse in Bezug auf ihre negativen Auswirkungen auf die Volkswirtschaft erlaubten.

Trotz seiner Bemühungen, eine innerlich spöttische Haltung gegenüber dem Geschehen aufrechtzuerhalten, spürte Rafail Lwowitsch, dass der Zustand vorgetäuschter Tapferkeit allmählich einem Gefühl schwerer Vorahnung und unerklärlicher Angst wich. Natürlich – es ist die Hypnose der Worte schwerer Anschuldigung, die mit der metallischen Stimme des Richters mit dem Gesicht eines Inquisitors verlesen wurden. Aber man darf nicht vergessen, dass dieser Richter nur ein dummstolzer Trottel ist, der den vom Angeklagten selbst zusammengebastelten Unsinn wiederholt. Nicht nachgeben gegenüber der beängstigenden Wirkung der furchterregenden Worte, nicht den Mut verlieren!

– ... im Laufe mehrerer Jahre haben die Sabotageaktivitäten des ehemaligen Chefingenieurs des Energieverbunds dazu geführt, dass eine Reihe von Industrien, darunter die Schwerindustrie, die staatlichen Zielvorgaben in einem der größten Industriegebiete des Landes nicht erreicht haben ...

Toll allerdings, wie die Rechtsverdreher seinen dummen sägezahnförmigen Strom transformierten! Selbst der Erfinder dieses Stroms konnte sich nicht im Entferntesten vorstellen, dass so weitreichende Schlüsse aus seiner Erfindung gezogen werden könnten ... Die innere Tapferkeit klammerte sich noch an das Selbstvertrauen eines Schachspielers, der sich den letzten entscheidenden Zug aufgehoben hatte. Doch es wurde immer schwerer, das Gefühl wachsender Unruhe zu unterdrücken.

– ... die Handlungen von Ingenieur Belokrinitskij haben der Maschinenbau- und Verteidigungsindustrie besonderen Schaden zugefügt ...

Und der Verteidigung! Deshalb also wird er vom Militär verurteilt!

»Für Sabotage in der Verteidigungsindustrie«, – hatte einmal ein ehemaliger Staatsanwalt gesagt, – »gibt es ein Verfahren vor dem Militärkollegium und das fast unvermeidliche Erschießungskommando.«

Erschießungskommando! Mit einem Schrecken, den er bisher nur in Albträumen erlebt hatte, wurde Rafail Lwowitsch urplötzlich die erschreckende Einfachheit der Möglichkeit bewusst, dass er zum Tode verurteilt werden könnte. Und dieses Urteil war wahrscheinlich bereits in einem Papier niedergeschrieben, das jetzt vom Vorsitzenden des Gerichts, das berühmt für seine Unbarmherzigkeit ist, verlesen wurde! Die Vollstreckung seiner Urteile ist fast unvermeidlich, da sie nicht angefochten werden können.

Der Gedanke an die Möglichkeit, zum Tode verurteilt zu werden, war Belokrinitskij weder beim Ausdenken und Schreiben seines Aufsatzes noch danach gekommen. Erst jetzt wurde ihm wirklich klar, dass er sich bei der Entwicklung der in ihrer Absurdität amüsanten Idee der erfundenen Sabotage zu sehr hatte hinreißen lassen und überreizt hatte. Er hatte einen unverzeihlichen, vielleicht fatalen Mangel an Urteilsvermögen an den Tag gelegt, weil er nicht daran gedacht hatte, dass der technische Unsinn seiner Aussage die Anhänger und Jünger Wyschinskis[49] nicht davon abhalten konnte, sie als Vorwand zu benutzen, um nicht existierende Verbrechen auf dem Papier aufzublähen – allein in wirtschaftlicher und politischer Hinsicht. Wenn man es mit Mördern zu tun hat, muss man an Leben und Tod denken, nicht an die Erfindung von technischem Nonsens. Wie übrigens hätte er das vorher wissen können?

Könnte es sein, dass alles, was jetzt geschieht, ein Albtraum ist? Und wie immer, wenn der Schrecken des Traums seinen Höhepunkt erreicht, wird es ein Erwachen geben? Aber nein! Allzu oft, vor allem in den ersten Nächten in der Zelle, hatte Rafail Lwowitsch sich eingebildet, dass er nur einen schmerzhaften, beunruhigenden Traum sähe, der bald von der Freude des wirklichen Lebens abgelöst werden würde. Doch diese Illusion konnte er immer seltener in sich selbst aufrufen, und längst hatte er die Fähigkeit dazu verloren. Der leere, hallende Saal mit den hohen vergitterten Fenstern, der an Goyas grimmige Karikaturen erinnernde Urteilsverleser und die Wachen, die die Hände des sich in Todesangst windenden Angeklagten hielten – all das war eine grausame, wenn auch völlig unglaubwürdige Realität.

Von der spöttischen Verachtung für die Worte des Urteils blieb nichts. Jetzt achtete Belokrinitskij darauf, dass ihm nicht die kleinste Nuance in jedem einzelnen entging, er lauschte sogar auf die Intonation, mit der der Vorsitzende die Worte aussprach, und bebte vor ihm.

– … insbesondere im Jahr 193… ist es dem Angeklagten gelungen, einen längeren Ausfall wesentlicher technologischer Ausrüstungen des Werks Nummer … zu verursachen … und die rechtzeitige Lieferung von Panzern der neuesten Bauart durch dieses Werk an das Verteidigungskommissariat zu unterbrechen …

Die Worte klapperten nicht mehr so unangenehm wie am Anfang, sondern rasselten wie die Steine eines Erdrutschs, der den unausweichlichen Untergang brachte. Und er, Belokrinitskij selbst, hatte die ersten von ihnen auf den Gipfel getürmt. Die Mörder des NKWD mussten sie nur anstoßen.

– … auf Grundlage des Vorstehenden und in Übereinstimmung mit … Artikeln … unter besonders erschwerenden Umständen zu verurteilen …

Die Feder der inneren Spannung konnte der Belastung nicht standhalten und brach. Der Körper wurde sofort leer und kraftlos. Die Fähigkeit zu denken verschwand. Alles, was blieb, war ein tierisches Entsetzen über die letzten Worte des Urteils, wie beim Schlag einer bereits erhobenen Axt. Und ein ohnmächtiger Protest gegen diese Worte, die eigentlich schon bekannt waren. In dem Todgeweihten erwachte ein scharfer und quälender Lebensdurst, als ob in seinem schlaffen Körper jemand verzweifelt um sich schlug und schrie: »Nicht doch, nicht doch!«

– ... zum Höchstmaß, Erschießen. – Die Axt fiel. Und als zusätzlicher Schlag, zur größeren Gewissheit: – Das Urteil ist rechtskräftig und kann nicht angefochten werden!

– Verurteilter, ertönte die Stimme des Vorsitzenden des Kollegiums schwach und gedämpft, wie durch eine dicke Schicht Watte. – Sie haben das Recht, vor dem Gericht eine letzte Aussage zu machen!

Der Mann, der nicht mehr stand, sondern an den Armen seiner Begleiter hing, hob mühsam den Kopf und bewegte lautlos die Lippen. Zu ihm trat der Gerichtssekretär, reichte ihm behutsam eine Mappe, auf der sich ein kleines, bereits ausgefülltes Formular befand, und drückte ihm eine eingetauchte Feder in die hilflose Hand. Er war nötig, die Urteilsverkündung zu unterschreiben. Der Mann betrachtete das Papier blicklos, kratzte mit einer trägen, somnambulen Bewegung etwas wie ein langes Komma darauf und ließ die Feder sofort fallen. Der Sekretär hob sie geschickt auf, zog aber zähneknirschend eine Grimasse. Sie rollte über das Papier und hinterließ einen breiten, schmierigen Fleck.

– Sie können vor dem Gericht eine Erklärung abgeben! wiederholte der Vorsitzende in einem Ton aus Beharrlichkeit und Ungeduld. Vernachlässigt wurde hier, was zum Wesen der Gerechtigkeit gehörte, aber umso eifriger wurde auf Formen geachtet, die besonders unter den gegebenen Umständen für die Herren eines ungerechten Prozesses unverbindlich waren.

Der Verurteilte hob erneut den Kopf.

– Ich selbst bin ... selbst ... Fone ... – sprach er undeutlich und dumpf.

Und der Sekretär konnte das seltsame Wort nicht entziffern:

– Sprechen Sie deutlicher, Verurteilter!

Doch dieser sah nur mit nichtssagendem Blick irgendwo durch den gepflegten Protokollführer hindurch und ließ den Kopf wieder sinken. Der Sekretär zuckte ratlos mit den Achseln und schaute fragend in Richtung des Vorsitzenden des Kollegiums. Der oberste Richter war jedoch bereits mit den Papieren eines anderen Falls beschäftigt und winkte gleichgültig mit der Hand in Richtung Tür.

Während er den Verurteilten in den schwach beleuchteten Korridor hinauszog, rief einer seiner Begleiter:

– Erschießen!

– Erschießen! – wie ein Echo hallte es von einem Soldaten an den Treppenbögen.

– Erschießen ... – kam es von irgendwo unten.

Die Einführung dieses Rituals, das irgendwo in den Tiefen der Jeschow- und Wyschinski-Abteilung erfunden worden war, wurde formal damit gerechtfertigt, dass der Konvoi den Grad an Wachsamkeit und Strenge, der bei der Behandlung der Verurteilten erforderlich war, im Voraus anzeigte. In Wirklichkeit handelte es sich lediglich um eine sadistische Erfindung, die den zum Tode Verurteilten die harte Unvermeidbarkeit der Vergeltung vorführen sollte.

Der Verurteilte hörte die Rufe jedoch kaum. Die Begleiter führten ihn nicht mehr, sondern schleppten ihn wie einen Sack. Als sie die Treppe hinabstiegen, knallte ein Schuh des entlarvten und entwaffneten Volksfeinds auf die Stufe; der andere, mit einer selbst gedrehten Schnur schlecht geschnürt, war ihm vom Fuß gefallen, und einer der Begleiter trug ihn in seiner freien Hand. Sie kamen an der Tür zum Halbkeller vorbei, aus der dieser Mann eine Viertelstunde zuvor geführt worden war, und zogen ihn die Treppe hinunter. Dort klirrten schon warnend die schweren Riegel der eisernen Tür. Der Armesünderbereich, der im unterirdischen Korridor des inneren Gefängnisses liegt, war bereit, seinen nächsten Neuzugang aufzunehmen.

1964

Anmerkungen

1. GAZ M-1 (umgangssprachlich »Emka«) ist ein sowjetischer Personenwagen, der zwischen 1936 und 1946 vom Gorki-Automobilwerk (Gorkowski Awtomobilny Sawod) in Serie produziert wurde. Insgesamt wurden 62.888 Exemplare hergestellt.

2. Das NKWD, Volkskommissariat für Innere Angelegenheiten (Narodny Kommissariat Wnutrennich Del) der UdSSR war von 1934 bis 1943 das zentrale Organ der Staatsverwaltung der UdSSR zur »Bekämpfung der Kriminalität und zur Aufrechterhaltung der öffentlichen Ordnung«.

3. OGPU (Objedinjonnoje Gossudarstwennoje Polititscheskoje Uprawlenije), Vereinigte staatliche politische Verwaltung, meist verkürzt GPU. Bezeichnung der Geheimpolizei der Sowjetunion von 1922 bis 1934; wurde mit Gründung des NKWD dorthin übernommen.

4. Internationale Rote Hilfe (IRH – auch bekannt unter dem russischen Akronym MOPR für Meschdunarodnaja Organisazija Pomoschtschi Borzam Revoljuzii)

5. Als Nepmann oder NEP-Mann wurden Geschäftemacher während der Neuen Ökonomischen Politik (russische Abkürzung NEP, 1921–1928) in der Sowjetunion bezeichnet.

6. Meschugge (aus dem Jiddischen) – verrückt, rücksichtslos, fähig zu unüberlegten Handlungen

7. Die Neue Ökonomische Politik – Nowaja ekonomitscheskaja politika, abgekürzt NEP – war ein wirtschaftspolitisches Konzept in der Sowjetunion, das Lenin und Trotzki 1921 gegen erheblichen Widerstand in der eigenen Partei zur Förderung des privatwirtschaftlichen Sektors durchsetzten.

8. Nat Pinkerton, Hauptfigur der mehr als 200 Bände umfassenden Romanheftserie »Nat Pinkerton. Der König der Detectivs«, die ab 1900 u. a. auf Deutsch, Französisch und Russisch in anonymer Autorschaft erschien und äußerst populär war

9. »Nick Carter, Amerikas größter Detektiv« war eine ebenfalls extrem populäre Romanreihe der Zeit.

10. In seinem Referat »Noch einmal über die sozialdemokratische Abweichung in unserer Partei« auf dem erweiterten Plenum des Exekutivkomitees der Komintern vom 7. Dezember 1926 spricht Stalin über die Unterteilung des Proletariats als »Klasse in drei Schichten«. Die erste Schicht umfasse den Kern des Proletariats, die Masse »reinblütiger« Proletarier; die zweite Schicht bestünde aus erst kürzlich zum Proletariat gestoßenen Angehörigen nicht proletarischer Klassen, wie Bauernschaft, Kleinbürger, Intelligenz, die Schwankungen und Unschlüssigkeit in die Arbeiterklasse tragen; dritte Schicht wäre die Arbeiteraristokratie, der materiell am besten gestellte Teil des Proletariats, bestrebt, Kompromisse mit der Bourgeoisie zu schließen – »diese Schicht bildet den günstigsten Boden für Reformisten und Opportunisten«.

11. GOELRO (Gosudarstwennyi Plan Elektrifikazii Rossii) – Staatsplan zur Elektrifizierung Russlands. Der Plan wurde in den ersten Jahren der Sowjetmacht verabschiedet, um

das wirtschaftlich rückständige und vom Bürgerkrieg überzogene Land zu modernisieren. Die 1920 ins Leben gerufene »Staatliche Kommission für die Elektrifizierung Rußlands« erarbeitete einen auf 10 bis 15 Jahre berechneten Plan, um die vorhandenen Kapazitäten an elektrischer Energie zu vervielfachen. Der GOELRO-Plan wurde bis Anfang der 1930er-Jahre umgesetzt.

12. Mütze, in verstärkter Ausführung auch Helm, die im Russischen Bürgerkrieg als Teil der Uniform der neu gegründeten Roten Armee eingeführt und bei dieser bis Ende der 1930er-Jahre getragen wurde.

13. Genrich Grigorjewitsch Jagoda, * 7. November (jul.) / 19. November 1891 (greg.) in Rybinsk – † um den 15. März 1938, vermutlich in Moskau, war von 1934 bis 1936 Chef des sowjetischen Innenministeriums NKWD, das unter seiner Leitung aus der Zusammenlegung der Geheimpolizei OGPU mit dem bisherigen Volkskommissariat des Inneren gebildet wurde.

14. Nikolai Iwanowitsch Jeschow, * 19. April (jul.) / 1. Mai 1895 (greg.) in Sankt Petersburg – † 4. Februar 1940 in Moskau, war von 1936 bis 1938 Chef des NKWD. Wurde ebenso wie sein Vorgänger des eigenen Apparates exekutiert.

15. Im Russischen umgangssprachlich für einen groben, ungebildeten Menschen

16. Die inhaftierte Person wurde mit dem Gesicht zur Wand gestellt und musste für einen vom Ermittler festgelegten Zeitraum von mehreren Stunden bis zu mehreren Tagen stehen. Während der Folter wurden die Schmerzen extrem, die Beine schwollen an, die Haut wurde rissig und begann zu bluten. Diese Art der Folter wird von Jakub Achtjamow in seinem Buch »Gegen die Schläge des Schicksals« (Tscheljabinsk 1997) beschrieben.

17. Foltermethode, bei der die Verhöre ohne Unterbrechung 24 Stunden täglich für mehrere Tage, ohne Schlaf, von wechselnden Gruppen von Ermittlern durchgeführt wurden

18. Die »Knjas Potjomkin Tawritscheski« – Fürst Potjomkin von Taurien – war ein Schlachtschiff der russischen Marine, das zur Schwarzmeerflotte gehörte. Es wurde durch Sergei Eisensteins Film *Panzerkreuzer Potemkin* über die Revolution von 1905 weltbekannt.

19. Teil des Strafvollzugssystems des Russischen Reiches, der wichtigste Ort in Ostsibirien, an dem zu harter Arbeit verurteilte Sträflinge ihre Strafe verbüßen; liegt im Nertschinskij-Bergbaurevier in Transbaikalien, dem heutigen Föderationssubjekt Transbaikalien

20. Bis 1920 Stadt an der Landenge von Perekop, die eine Verbindung zwischen der Krim und dem Festland bildet.

21. Ein in der ersten Hälfte des 20. Jahrhunderts beliebtes Spielzeug, ein Luftballon, der einen sprachähnlichen Ton – »udiudi« – erzeugt, wenn er durch das Mundstück losgelassen wird

22. KB – im sowjetischen Sprachgebrauch gängige Abkürzung für Konstruktionsbüro

23. Feliks Edmundowitsch Dzierżyński, *30. August (jul.) / 11. September 1877 (greg.) in Oziembłowo, Gouvernement Wilna, Russisches Kaiserreich – †20. Juli 1926 in Moskau. Gründer und Leiter der Tscheka (1917–1922), danach bis zu seinem Tod Leiter der Nachfolgeorganisation OGPU. Stellvertretend für die Härte und Unbarmherzigkeit der Tscheka und des von ihr ausgehenden roten Terrors »Eiserner Feliks« genannt

24. Die Industriepartei wurde angeblich von einer Gruppe von Ingenieuren und Technikern gegründet, um die sowjetische

Industrie zu sabotieren. Der öffentliche Prozess gegen die Industriepartei fand 1930 in Moskau statt. Der Leiter der Industriepartei, der Thermodynamiker Leonid Ramsin, wurde zum Tode verurteilt, später wurde das Urteil in 10 Jahre Gefängnis umgewandelt. 1934 leitete er eine der ersten »Scharaschka« (die umgangssprachliche Bezeichnung für die gefängnisartigen Forschungsinstitute und Konstruktionsbüros des NKWD/MIA der UdSSR, in denen verurteilte Wissenschaftler, Ingenieure und Techniker arbeiteten). 1936 wurde er amnestiert, 1943 erhielt er den Stalinpreis. 1944 wurde er Leiter der Abteilung für Kesselbau im Moskauer Institut für Energietechnik. Er starb im Jahr 1948.

25. Filmische Adaption von Nikolai Pogodins Stück »Aristokraten« über zu Zwangsarbeit verurteilte Sträflinge, die beim Bau des Ostsee-Weißmeer-Kanals, auch Belomorkanal, der ersten Großbaustelle des Gulag-Systems, eingesetzt werden, und dank einer erfolgreichen ideologischen Umerziehung ein glückliches Sowjetleben vor sich haben.

26. Zitat Lenins, der das Problem »Wer – wen?« als Problem des Krieges der sowjetischen Staatsmacht gegen die Bourgeoisie des eigenen Landes zur Zeit der Neuen Ökonomischen Politik (NEP) darstellt

27. Die Daschnaken sind Mitglieder der 1890 in Tiflis gegründeten armenisch-nationalistischen Partei Daschnakzutjun (Armenische Revolutionäre Föderation).

28. Werst war eine Maßeinheit für die Länge, die im Russischen Reich (1721–1917) galt. 1 Werst entsprechen 1,0668 Kilometer.

29. Sowchos (Sowjetskoje Chosjaistwo – Sowjetwirtschaft) – Bezeichnung für einen landwirtschaftlichen Großbetrieb der Sowjetunion

30. Im Gegensatz zu den »sozial gefährlichen Elementen«, wie Konterrevolutionären oder politisch Oppositionellen, galten die »sozial nahen Elemente« – Diebe, Betrüger, Wilderer, auch Mörder – als der politischen Ordnung nicht gefährlich.

31. Ein Sonderrat (Osoboje Sovestschanije) des NKWD. Er hatte das Recht, Urteile auf Haft bis zu 10 Jahren zu verhängen und in bestimmten Zeiträumen das Recht, Hinrichtung ohne Gerichtsverfahren vollstrecken zu lassen.

32. Mit Lettern versehene Artikel sind die einzelnen Anklagepunkte, die bei den außergerichtlichen Tötungen durch den sogenannten Sonderrat (OSO/NKWD) verwendet wurden. Sie entsprachen in etwa dem Artikel 58 und wurden mit Abkürzungen bezeichnet.

33. Konterrevolutionäre Tätigkeit

34. Antisowjetische Agitation

35. Hier wird ein Sprichwort »Das Bauernhaus schmücken nicht die Ecken, sondern die Kuchen« verwendet, das auch mit: »Ein Haus ist nicht schön durch seine Wände, wohl aber durch gastliche Hände« übersetzt werden kann.

36. Stalin, seit 1922 Generalsekretär des Zentralkomitees der Kommunistischen Partei Russlands, ab 1925 Kommunistische Allunions-Partei, ließ sich von 1929 an als Führer (russisch вождь – *Woschd*) anreden.

37. Tschekist – ein Mitarbeiter der Allrussischen Außerordentlichen Kommission zur Bekämpfung von Konterrevolution und Sabotage (Tscheka) und ihrer örtlichen Unterabteilungen

38. Der Schachty-Prozess (offiziell: »Der Fall der wirtschaftlichen Konterrevolution im Donbass«) war ein politischer Prozess, der vom 18. Mai bis zum 6. Juli 1928 im Moskauer Haus der Gewerkschaften stattfand. Im Rahmen des Prozesses wurde eine

Gruppe von 53 Leitern und Fachleuten der sowjetischen Kohleindustrie der Sabotage und des Sabotageaktes angeklagt.

39. Vgl. Fußnote 25.

40. Der »Fall Kemerowo« wurde vom NKWD im westsibirischen Kemerowo im Zusammenhang mit einer Methangasexplosion in der Mine »Zentralnaja« des Kuzbassugol-Konzerns in der Nacht des 23. September 1936 eingeleitet. Bei der Explosion kamen 10 Menschen ums Leben, 14 wurden schwer verletzt. Die Leiter und Mitarbeiter der Mine wurden verhaftet und der Sabotage, des Trotzkismus und konterrevolutionärer Aktivitäten beschuldigt.

41. Der Erste Moskauer Prozess (offiziell »Prozess des antisowjetischen Vereinigten Trotzkistisch-Sinowjewschen Zentrums«, auch als Prozess der Sechzehn bekannt) war der erste der sogenannten Moskauer Prozesse, ein Schauprozess gegen eine Gruppe ehemaliger Parteiführer, die früher aktive Mitglieder der Opposition waren. Der Prozess fand vom 19. bis 24. August 1936 vor dem Militärkollegium des Obersten Gerichtshofs der UdSSR statt. Die Hauptangeklagten waren Grigori Sinowjew und Lew Kamenew.

42. Der Dritte Moskauer Prozess (offiziell Prozess des antisowjetischen »Rechts-Trotzkistischen Blocks«, auch bekannt als Prozess der Einundzwanzig oder Großer Prozess) war der dritte und letzte der sogenannten Moskauer Prozesse, ein öffentlicher Prozess gegen eine Gruppe ehemaliger sowjetischer Staats- und Parteiführer sowie gegen drei weithin bekannte, hochprofessionelle Ärzte des Landes. Er fand im Frühjahr 1938 statt, während der Zeit des Großen Terrors in der UdSSR. Die Hauptangeklagten waren Alexej Rykow und Nikolai Bucharin, Führer der »rechten Opposition« innerhalb der Kommunistischen Partei.

43. Nikolai Alexandrowitsch Romanow (1843–1865), Zarewitsch, nach dessen Tod sein um zwei Jahre jüngerer Bruder Alexander in der Thronfolge nachrückte und von 1881 bis zu seinem Tod 1894 als Zar Alexander III. den Thron innehatte

44. Simon Petljura (1879–1926) war ein ukrainischer Militär, Politiker und Staatsmann, Vorsitzender des Direktoriums der Ukrainischen Volksrepublik in den Jahren 1919 bis 1920. Oberster Ataman der Armee und Marine der Ukrainischen Volksrepublik.

45. Kommunistische Partei Russlands (Bolschewiki)

46. Bombist-Mauserist – um 1937 noch gebräuchliche Bezeichnung für Mitglieder anarchistischer Kampforganisationen und der Sozialrevolutionäre; Mauserist bezieht sich auf den Gebrauch der Pistole Mauser

47. Gemeint ist die erste Russische Revolution vom Januar 1905

48. Moskauer Gebäude am Lubjanka-Platz, das von 1919 bis 1992 als Hauptgebäude der staatlichen Sicherheitsorgane der UdSSR diente. Seit 2018 ist es Teil des Gebäudekomplexes des russischen Föderalen Sicherheitsdienstes (FSB).

49. Andrej Januarjewitsch Wyschinski, * 28. November (jul.) / 10. Dezember 1883 (greg.) in Odessa – † 22. November 1954 in New York, war ein sowjetischer Staatsmann, Jurist und Diplomat, Staatsanwalt der UdSSR (1935–1939), Außenminister (1949–1953) und ständiger Vertreter der UdSSR bei der UNO (1953/54). Er war Organisator von Massenrepressionen, die er in seinen Schriften u. a. in »Theorie der gerichtlichen Beweise im sowjetischen Recht« rechtfertigte.

Anhang

»Wir leben, ohne das Land
unter uns zu spüren ...«[*]

*Einiges über Georgi Demidow, den unbekannten Autor
der großen Repression*

von Irina Rastorgueva

*Vielleicht muss es so sein, dass die alten Genossen so leicht und
so einfach ins Grab sinken.*

Josef Stalin
Grabrede zur Beerdigung von Michail Frunse
3. November 1925

Am Morgen des 20. August 1980 beschlagnahmten KGB-Mitarbeiter in fünf Städten bei insgesamt sieben Adressen

---

[*] Zeile aus einem von Ossip Mandelstam im November 1933 geschriebenem Gedicht, gewidmet Josef Stalin. Mandelstam machte kein Geheimnis aus seiner Autorschaft und ging nach seiner Verhaftung davon aus, dass er zum Tod durch Erschießen verurteilt werden würde. Doch er wurde für drei Jahre in die Region Perm verbannt und durfte sich dann in Woronesch niederlassen. In der Nacht vom 1. auf den 2. Mai 1938 wurde er erneut verhaftet und in ein Arbeitslager gebracht. Auf dem Weg dorthin starb Mandelstam.

sämtliche Manuskripte von Georgi Demidow, außerdem wurden aus Demidows Wohnung drei Schreibmaschinen mitgenommen (von Hand schreiben konnte er nicht, er hatte sich im Lager an der Kolyma die Finger, die er sich bei der Strafarbeit im Schacht gebrochen hatte, erfroren) und sicherheitshalber auch noch das Schrotgewehr (vermutlich, damit er sich nicht erschießt). Zu diesem Zeitpunkt hatte Demidow bereits einige Novellen und Dutzende Erzählungen über die Kolyma-Lager verfasst. »Es tut sehr weh, dass Vater in dem Glauben gestorben ist, nichts von dem, was er geschrieben hat, sei erhalten geblieben«, erzählt Walentina Demidowa, die Tochter des Schriftstellers in einem Interview. »Er dachte, sein gesamtes Lebenswerk sei für immer verloren, und sagte: ›Mich ein drittes Mal wie ein Phoenix aus der Asche – das schaffe ich nicht ...‹«

Über Georgi Demidow ist sehr wenig bekannt, es gibt Interviews mit seiner Tochter, Erinnerungen an den Vater, die als Vorworte in den russischen Ausgaben von dessen Büchern *Ein wundersamer Planet* (2008) und *Vom Sonnenaufgang bis zur Dämmerung* (2014) sowie dem Sammelband *Die Rückkehr* (1991) abgedruckt sind. 2015 erschien der Dokumentarfilm *Das Leben des Intellektuellen Demidow* der Regisseurin Swetlana Bytschenko, worin die Erzählungen von Walentina Demidowa den Hauptteil ausmachen, ergänzt durch die Erinnerungen einiger Bekannter aus Uchta in Komi, wo Demidow nach der Haft lebte. Dem breiten Publikum ist Georgi Demidow weitgehend unbekannt, ihn kennen nur Literaturwissenschaftler, aber auch unter ihnen nur jene, die sich mit dem sogenannten Lagerthema befassen. 2016 fand im »Solschenizyn-Haus der russischen

Emigration« und im »Staatlichen Museum der Geschichte des GULAG« in Moskau eine Konferenz statt: »Generationentreffen. Demidow und Schalamow. Das Leben des Georgi vor dem Hintergrund des Warlam«. Bis heute wird Demidow »vor dem Hintergrund« von Schalamow rezipiert, obwohl es sich literarisch wie menschlich um zwei sehr unterschiedliche, dennoch gleichwertige Figuren handelt. Im Lauf der Konferenz zeigte sich, dass Demidow mittlerweile in manchen Schulen zur Pflichtlektüre gehört, seine Bücher werden übersetzt und in Frankreich veröffentlicht und es war die Rede von der Gründung einer Demidow-Gesellschaft. Im Jahr 2021 begannen das Gulag-Museum, die Stiftung Memorial und der Verlag Ivan Limbakh in Moskau mit der Herausgabe der Gesammelten Werke von Georgi Demidow in sechs Bänden. Neben den Texten des Autors enthalten die Bände wegweisende Essays der russischen Philologen und Historiker Roman Romanow, Dmitri Bykow, Tatjana Poljanskaja, Marietta Tschudakowa, Demidows Lagerakten und ein Glossar des Kolyma-Jargons.

Ich bringe einen Trinkspruch auf das Wohl des russischen Volkes aus, nicht nur, weil es das führende Volk ist, sondern auch, weil es einen klaren Verstand, einen standhaften Charakter und Geduld besitzt.

Josef Stalin
Rede beim Empfang zu Ehren der Truppenbefehlshaber
der Roten Armee im Kreml, 24. Mai 1945

Demidow wurde am 16. November (am 29.11. nach dem gregorianischen Kalender) 1908 in St. Petersburg geboren. Seine Mutter war eine einfache Frau ohne Schulbildung, der Vater Handwerker. In seinem autobiografischen Buch *Vom Sonnenaufgang bis zur Dämmerung* erzählt Demidow, sein Vater sei 1913 wegen Majestätsbeleidigung angeklagt worden. Darauf stand schwere Strafe. Da der Vater jedoch dreifacher Träger des Ordens des Heiligen Georg war und viele Jahre in der Armee gedient hatte, beschränkte man sich darauf, die Demidows aus Petersburg zu verbannen. So fand sich die Familie wegen eines im Rausch erzählten Witzes in einem Dorf in der Zentralukraine wieder; während des Bürgerkriegs zog sie dann in die Stadt Lebedyn bei Poltawa.

Vom Sonnenaufgang bis zur Dämmerung ist in einem lebendigen, leichten Ton geschrieben. Die reinen, von nichts überschatteten Kindheitserinnerungen werden ausgiebig geschildert. Das kindliche Leben tritt in den Vordergrund und verstellt die schrecklichen Ereignisse des ersten Weltkriegs und des Bürgerkriegs. Von unschätzbarem Wert sind allein schon die Erzählungen des Protagonisten von den Streichen und Spielen mit seiner Schwester Tajka. So beschlossen die Kinder irgendwann, Kalenderblätter mit roten Zahlen seien Butterbrote mit rotem Kaviar, und verputzten sie fortan regelmäßig mit Genuss. Als beinahe alle Sonn- und Feiertage verschwunden waren, schöpfte der Vater Verdacht. Natürlich gestand Tajka. Erleichtert, dass die Kinder nie etwas von schwarzem Kaviar gehört hatten, räumten die Eltern den Kalender außer Reichweite der beiden. Oder folgende

Szene: Ein Junge geht mit seiner Mutter durch Lebedyn, das von der Roten Armee besetzt wurde, die Stadt ist unruhig, gebeutelt von den gerade erst verebbten Gefechten. Aber das Einzige, was den Jungen interessiert, ist Strom: wo er herkommt und wie Licht draus wird. Später, als seine Mutter und er bei einem Apotheker Unterschlupf finden, stellt er immerzu Überlegungen an, warum ein Kabel, durch das Strom fließt, nicht warm wird. Ein subtil flirrender Humor durchzieht das Buch. Manchmal flicht sich die Stimme eines Erwachsenen ins Gewebe des Textes, der wirkt, als sei er von einem kleinen Jungen geschrieben, so einfach und rein und klar, wie er ist. Der Erwachsene berichtet, im vorrevolutionären Russland habe es keinen Hunger gegeben, selbst kinderreiche Bauernfamilien hätten recht gut gelebt und die Sowjetunion habe erst in den Sechzigern das Exportlevel von damals wieder erreicht. Die Erzählung schließt mit dem Ende des Bürgerkriegs und der Autor kündigt an, später über die Zeiten der NEP und vieles andere zu erzählen. Demidow hat die Arbeit am autobiografischen Roman nicht wiederaufgenommen. Nach der Beschlagnahmung seiner Manuskripte konnte er nicht mehr schreiben.

Das Leben ist besser geworden, Genossen.
Das Leben ist fröhlicher geworden. Und wenn es sich
fröhlich lebt, dann geht die Arbeit gut von der Hand.

Josef Stalin
»Prawda«, 22. November 1935

Nach dem Schulabschluss arbeitete Demidow etwa zwei Jahre in einer Zuckerfabrik im Donbass. Sobald er etwas Geld gespart hatte, zog er nach Charkiw und schrieb sich an der Fakultät für Physik und Chemie ein. Im dritten Semester wurde er vom wichtigsten theoretischen Physiker der Sowjetunion, dem späteren Nobelpreisträger Lew Landau, ans Ukrainische Institut für Physik und Technologie geholt. In der Phase zwischen 1932 und 1937 galt dieses Institut als das führende Zentrum für Physik in der Sowjetunion. Während des Großen Terrors wurden im Verlauf des sogenannten UIPT-Prozesses* mehr als ein Dutzend Institutsmitarbeiter verhaftet, fünf von ihnen erschossen. Man beschuldigte sie der antisowjetischen Tätigkeit in einer revolutionären Gruppe, angeblich geführt vom Leiter des ersten Kryolabors Lew Schubnikow und dem Leiter der Theorieabteilung Lew Landau. Zu jener Zeit wurde bei den Verhören bereits gefoltert, Landau wurden mehrere Rippen gebrochen. Aber letzten Endes konnte die aufstrebende Größe der theoretischen Physik der Strafe knapp entgehen: Pjotr Kapiza, Leiter des nach ihm benannten Moskauer Instituts für physikalische Probleme, bürgte für ihn. Schubnikow hingegen wurde erschossen. Und Demidow wurde 1938 für konterrevolutionäre Propaganda zu fünf Jahren Lagerhaft verurteilt.

---

* Der UIPT-Prozess war ein Strafverfahren gegen Wissenschaftler des Ukrainischen Instituts für Physik und Technologie in Charkow durch die Hauptdirektion für Staatssicherheit auf dem Höhepunkt des Großen Terrors, 1938. Als Reaktion darauf verfassten die Physiker Moisei Korez, Juri Rumer und Lew Landau ein Flugblatt, das Stalin und das NKWD anklagte. »Seht ihr nicht, Genossen, dass Stalins Clique einen faschistischen Putsch durchgeführt hat?« Alle drei überlebten die unterschiedlich lange Haft.

Zu seiner Tochter sagte Demidow einmal: »Du kannst es mir noch so lange übelnehmen, aber ich erzähle es dir trotzdem, damit du mich verstehst ... Nach der Verhaftung dachte ich, genau wie alle anderen, es sei ein Versehen, ein Irrtum, irgendeine Ungereimtheit und schon bald würde sich alles aufklären. Als ich aber begriff, dass kein Fehler vorlag, dass es noch sehr lange so weitergehen würde, dass da ein System in Gang gekommen war, wusste ich: Es war mein Tod als Physiker. Denn die Physik ist eine Wissenschaft, die mit gigantischen Schritten vorangeht, ein halbes Jahr zu verlieren ist dasselbe wie zu sterben. Das holt man nicht mehr auf. Und ich sollte für mehrere Jahre verschwinden. Ich saß im Gefangenentransporter und weinte beim Gedanken, dass es mich in der Physik nicht mehr geben würde. Verzeih mir, dass ich nicht um mein Kind, nicht um die Familie weinte. Aber der Verlust der Physik war das Schlimmste für mich.« Über diesen Verlust des »Allerwichtigsten« schrieb Demidow auch in der Erzählung *Die Dekabristin* (im Sammelband *Liebe hinter Stacheldraht*). Es ist die Geschichte eines Genetikers, der unter dem Vorwurf der Konterrevolution verhaftet wird, zu jener Zeit, als die Genetik zu einer Pseudowissenschaft degradiert wurde. Der talentierte Wissenschaftler wird seine Forschungen nie wieder aufnehmen können – »den Verlust eines riesigen Teils seines Lebens in der produktivsten Phase kann niemand einfach verwinden. Für einen Wissenschaftler jedoch ist so ein Verlust besonders schmerzvoll.« Der Held der Erzählung, die zu den wenigen mit einem glücklichen Ausgang gehört, wird letztlich Biologielehrer. Nach dem Lager blieb Hunderten von

Wissenschaftlern der Weg in die große Wissenschaft versperrt, vorausgesetzt, sie hatten überhaupt überlebt.

Demidows Frau wurde mit dem fünfmonatigen Kind auf dem Arm verhaftet und ins Gefängnis gebracht, aber das Mädchen schrie so viel, dass man die beiden gegen Unterschrift »bis zur Vollendung des ersten Lebensjahrs« entließ. Danach wurden sie offenbar vergessen und Demidows Familie blieb vom Gefängnis verschont. Er selbst verbrachte 14 Jahre in Haft, zehn davon bei »allgemeinen Arbeiten« auf der Kolyma. Als allgemeine Arbeiten galten der Bergbau, der Gold- und Kohleabbau; »allgemein« überlebten die Häftlinge diese Arbeit nicht länger als zwei bis drei Jahre. Demidow schrieb über diese Jahre: »Zehn Mal war ich halbtot, zwei Mal lag ich wegen Unterkühlung im Sterben.«

Das Bemerkenswerteste am Wettbewerb ist, dass er in den Ansichten der Menschen über die Arbeit eine radikale Umwälzung hervorruft, denn er macht die Arbeit von einer schimpflichen und schweren Last, als die sie früher galt, zu einer Sache der Ehre, zu einer Sache des Ruhms, einer Sache der Tapferkeit und des Heroismus.

Josef Stalin
Politischer Rechenschaftsbericht des Zentralkomitees
an den XVI. Parteitag der KPdSU(B), 27. Juni 1930

Gegen Ende seiner fünfjährigen Haftstrafe hatte Demidow eine Produktion von Glühbirnen im Lager eingerichtet, genauer gesagt eine Reparaturstelle für Glühbirnen.

Lampen waren im Lager Gold wert. Alle Lagerleiter, die an dem Projekt beteiligt waren, wurden ausgezeichnet und auch Demidow sollte belohnt werden: mit einem amerikanischen Hilfspaket aus einer Lend-Lease-Lieferung, das einen Anzug, eine Krawatte, ein Hemd und Schuhe enthielt. Aber der Erfinder verzichtete auf das Geschenk mit dem Kommentar, er werde keine amerikanischen Altkleider auftragen. Nachdem er weitere drei Jahre abgearbeitet hatte, erinnerte man sich im Jahr 1946 auch noch daran, er hätte gesagt, die Kolyma sei ein »Auschwitz ohne Öfen«, und er bekam noch einmal zehn Jahre dazu. Das war der Moment, als der Ingenieur ein Telegramm an seine Frau schickte, in dem er ihr mitteilte, er, Demidow, sei tot. Zu unwahrscheinlich schien es ihm, dass er dieses Auschwitz je wieder verlassen könnte. »Da schwor ich mir, dass ich überleben werde, nur um diese Hölle zu beschreiben«, erinnert sich Walentina Demidowa an die Worte ihres Vaters.

Eines Tages brachte man den unterernährten Demidow in ein Lagerkrankenhaus, wo die Ärzte lange brauchten, um ihn von einer »Dystrophie vierten Grades« wieder auf die Beine zu bekommen. Dort lernte er Warlam Schalamow kennen. Während er im Krankenhaus lag, baute Demidow einen Röntgenapparat, der dort dringend gebraucht wurde, und durfte als Röntgentechniker im Hospital Am Linken Ufer bleiben. Doch kurze Zeit später wurde er wieder abtransportiert. Walentina Demidowa schreibt: »Die Krankenschwestern vom Linken Ufer erzählten, sie hätten Demidow förmlich vergöttert: Er hatte immer viel Interessantes zu erzählen, das fand offenbar auch Warlam Tichonowitsch. Sogar die Lagerleitung hatte großen Respekt vor ihm. Der einzige Mensch, der ihn hasste, war der Chefarzt, der Oberst der Staatssicherheit L. M. Doktor. Um Demidow scharten sich ständig Leute, er mochte junge Menschen sehr. Auch Frauen kamen ständig zu ihm, um sich auszuweinen, er gab ihnen alle möglichen Ratschläge, tröstete und versöhnte sie. Später in unserem Haus in Uchta herrschte auch immer reges Treiben. Im allgemeinen Getümmel gingen auch Denunzianten ein und aus, aber das versteht sich von selbst.«

Nach Ablauf der Haftstrafe wurde Demidow 1951 nach Intu, in den Norden der Republik Komi, verbannt. 1954 zog er nach Uchta, wo er bis 1972 als Konstrukteur in einer Fabrik arbeitete. Dort entwickelte er eine Reihe von Erfindungen und Rationalisierungsvorschlägen und wurde als »bester Erfinder der Autonomen Sozialistischen Sowjetrepublik der Komi« ausgezeichnet. Seine Rehabilitierung erwirkte er 1958 nach mehreren Gesuchen an die dafür zuständige Militärstaatsanwaltschaft.

In den Fünfzigern beginnt Demidow, Erzählungen zu schreiben und sie im Samisdat zu verbreiten. Wie Schalamow war auch Demidow strikt gegen eine Veröffentlichung seiner Texte im Westen. In der Forschung der letzten Jahre hat sich die Anekdote etabliert, der zufolge Solschenizyn Schalamow vorschlägt, gemeinsam an *Archipel Gulag* zu arbeiten, aber auf einer Publikation im Westen besteht und bereits eine Variante für den Export vorbereitet. Schalamow war der bloße Ruhm zuwider, er fand, seine Erzählungen seien hier, in der Sowjetunion, wichtig. Derselben Meinung war Demidow. In den Siebzigern bekam er ein Angebot, im Westen zu publizieren, fand aber, seine Texte wären dort nur eine weitere Sensation, während die Menschen hier erfahren müssten, was vor sich ging und geht. Außerdem hatte er die Befürchtung, ein Arbeitsverbot in der Sowjetunion zu bekommen, wenn er im Ausland verlegt würde. »Am wichtigsten war für ihn, den autobiografischen Roman *Vom Sonnenaufgang bis zur Dämmerung* zu beenden. Deswegen stellte sich die Frage einer Publikation im Westen gar nicht.«

Die Verbindung mit den Massen, die Festigung
dieser Verbindung, die Bereitwilligkeit, der Stimme der Massen
zu lauschen – darin liegt die Stärke und die Unbesiegbarkeit
der bolschewistischen Führung.

Josef Stalin
Rede auf dem Plenum des ZK der KPdSU(B), 1937

Demidow und Schalamow sahen sich 1965 in Moskau wieder. Eine gemeinsame Bekannte hatte Demidow beiläufig erwähnt, bis dahin war Schalamow der festen Überzeugung gewesen, der Ingenieur und Erfinder sei an der Kolyma umgekommen. Demidow hingegen wusste, dass Schalamow in Moskau lebt, hatte aber keinen Kontakt gesucht. Nach dem Wiedersehen schickte Demidow Schalamow mehrfach seine Erzählungen. Es entsponnen sich Diskussionen, Meinungsverschiedenheiten, Streit. »Einmal kam Papa nach Moskau, als auch ich dort war, und nahm mich mit zu Schalamow. Es war eines ihrer Treffen, als sie bereits heftig über Literatur stritten. Das war in den Sechzigern, am Höhepunkt ihrer

Polemik. Ich saß still in der Ecke, während die beiden etwa zwei Stunden lang diskutierten und stritten. Ich hörte Schalamow sagen: ›Solche Menschen wie dich und mich, die das alles durchgemacht und überlebt haben, die es geschafft haben, am Leben zu bleiben, und die es beschreiben könnten, gibt es kaum. Deswegen darf man keinen Rotz auf den Seiten verschmieren, es braucht Fakten. Dieses ganze ›liebt er sie, liebt er sie nicht‹, die Gefühlsduselei, ist zweitrangig, das braucht kein Mensch. Es braucht möglichst viele Fakten, so viele, wie du schaffen kannst. Nur darüber muss man schreiben. Alles andere braucht kein Mensch.‹ [...] Ich weiß noch, wie Papa auf dem Rückweg völlig außer sich war: ›Versteh du doch wenigstens, wir haben dort gelebt. Es war ein furchtbares, monströses Gefängnis. Nur wenige haben die allgemeinen Arbeiten überlebt, aber trotzdem: Menschen haben dort gelebt. Und unter ihnen gab es Freundschaft und Liebe ... Das kann ich nicht weglassen.‹«

Walentina Demidowa erzählt, dass ihr Vater seine Erzählungen jedem gegeben habe, der sie lesen wollte, ihm sei es wichtig gewesen, sein »schriftstellerisches Talent« unter Beweis zu stellen und herauszufinden, wie er weiterschreiben solle. Auch die Mitglieder der Schriftstellervereinigung von Uchta lasen seine Erzählungen und befanden sie für gut: Man lobte ihn, sagte, seine Werke müssten in den goldenen Fonds der russischen Literatur eingehen. Eines Tages kam ein General aus Moskau zu Demidow und bat darum, seine Erzählungen lesen zu dürfen; anschließend verkündete er, alles sei herausragend und großartig, aber wie könnte man in ihren Zeiten über so etwas sprechen, woran sollte die Jugend dann noch glauben? Der General schlug Demidow vor, etwas über die Arbeiterklasse zu schreiben, garantierte ihm eine hohe Auflage und die Mitgliedschaft im Schriftstellerverband. Aber das mit den Lagern solle er lieber lassen, dafür sei es noch zu früh, die Leute seien noch nicht bereit dafür. Demidow verzichtete auf die hohe Auflage. Daraufhin lud man ihn zu einer Sitzung der Schriftstellervereinigung von Uchta ein, wo man ihm vorwarf, die russische Sprache nicht zu beherrschen und an »irgendeinem schriftstellerischen Juckreiz, an Krätze« zu leiden. Die Mitglieder behaupteten, alles, was Demidow schrieb, sei erlogen, sie hätten selbst gesessen und so etwas habe es nicht gegeben. Später verschwanden Demidows Porträts von den Ehrentafeln. Aber das war schon egal. Er arbeitete weiter. Jeden Abend, jedes Wochenende, jeden Urlaub, seine gesamte Freizeit nutzte er fürs Schreiben.

Im Juni 1965 schrieb er in einem Brief an Schalamow: »Es fällt mir schwer zu beurteilen, welchen Sinn mein Schreiben hat. Wahrscheinlich nur denselben, den das zwangsläufige Knabbern einer Maus hat, um ihre Zähne abzuwetzen. Ich habe jedenfalls keine Hoffnung, veröffentlicht zu werden. Ich habe auch keine besondere Neigung dazu. Allerdings bekomme ich ›Honorare‹ für mein Schreiben. Inoffiziell in Form von warmen Briefen von Fremden und natürlich in Form von Lob meiner Freunde. Meine offiziellen Honorare sind Denunziationen, Aufschreie, direkte und verdeckte Drohungen. Und am gemeinsten sind die ›freundschaftlichen‹ Diskussionen im engen literarischen Kreis. Unsere örtliche literarische Grube hat natürlich nur provinziellen Maßstab. Aber der Gestank, den sie verströmt, ist qualitativ derselbe wie der der All-Unions-Grube.«

Der KGB hatte Demidow seit langem unter Beobachtung gestellt, kurz vor den Olympischen Spielen 1980 entschied man, seine Manuskripte zu beschlagnahmen. »Nach der Durchsuchung war alles weg. Dadurch wurde sein Leben für ihn unerträglich. Eine schreckliche Depression. Er schrieb danach keine einzige Zeile – er konnte nicht mehr.« Eine Zeitlang versuchte er, seine Texte zurückzubekommen. Es gelang ihm nicht.

Zu Beginn des Jahres 1987 sah er den Film *Die Reue* von Tengiz Abuladze, der nach dreijährigem Verbot gerade in die Kinos gekommen war und sofort zu einem Symbol der Zeit wurde, der »ersten Schwalbe der Perestroika«, Symbol der Abrechnung mit der Tyrannei. Das gab ihm Hoffnung, er beschloss, von neuem um seine Manuskripte zu kämpfen, und entwarf eine Appellation, hatte aber keine Zeit mehr, sie zu beenden – Demidow starb wenige Tage danach.

Drittens ist es notwendig, ein kulturelles Wachstum der Gesellschaft zu erreichen, das allen Mitgliedern der Gesellschaft eine allseitige Entwicklung ihrer körperlichen und geistigen Fähigkeiten gewährleistet [...].

Josef Stalin
Ökonomische Probleme des Sozialismus in der UdSSR, 1952

Walentina Demidowa setzte alles daran, die Manuskripte ihres Vaters zurückzubekommen. Und 1989 gelang es ihr. Und dann ging sie zu Redaktionen und Verlagen, doch meist ohne Erfolg. In dieser schwierigen Zeit brachte kaum jemand Bücher heraus. Die Novelle *Amok* lag mehrere Jahre bei der Zeitschrift *Druschba narodow*. Dann schlug man ihr irgendwann vor, den Protagonisten, einen Tataren, der Erschießungen von Frauen durchführt, gegen einen Kaukasier auszutauschen. »Ich fragte: Aber wie? Wie kann man einen Tataren durch einen Kaukasier ersetzen. Ich hab es nicht geschrieben und der Autor lebt nicht mehr. ›Aber wir ändern doch nichts am Text. Es ist doch auch egal. Dann ist es eben kein Tatar, sondern irgendwer aus dem Kaukasus.‹ Ich lehnte ab und die Novelle wurde nicht gedruckt.«

Die erste Veröffentlichung war die Erzählung *Dubar*, die 1990 in der Zeitschrift *Ogonjok* erschien (verfasst wurde sie 1966 und kursierte kurz danach unter anonymer Autorschaft im Samisdat). Dubar bezeichnet in der Ganovensprache einen Leichnam. Die Erzählung ist in drei Teile untergliedert. Im ersten beschreibt der Protagonist die Besonderheiten des Lagerlebens, vor allem den Morgen im Lager. Wobei er dem Schlaf, als einer Möglichkeit, der Realität zu entfliehen, besondere Aufmerksamkeit zukommen lässt. Am geschilderten Tag erhält der Protagonist den Auftrag, ein Grab für einen *Dubar* auszuheben, wofür ihm eine doppelte Portion Brei und ein freier Tag versprochen werden. Unter den Bedingungen der Kolyma ist das keine einfache Arbeit: Die gefrorene Erde kann nicht herausgeschaufelt, sondern muss herausgehauen werden. Im Lagerkrankenhaus wird ihm dann der kleine Leichnam einer Frühgeburt übergeben, der in eine Plane eingewickelt ist. Er wird also wesentlich weniger schaufeln müssen als erwartet. Unterwegs wird er von einem Lageraufseher angehalten und aufgefordert, zu zeigen, was sich in der Plane befindet. Zuvor assoziiert der Protagonist Säuglinge mit nichts Positivem:

»In meiner damaligen Vorstellung waren Säuglinge ausnahmslos faltige, verschrumpelte Klümpchen Fleisch, die schlecht riechen und ständig schreien. Der Tod und der Frost sollten einen Teil dieser negativen Eigenschaften behoben haben. Es blieb allerdings der Anblick, der bei einer Frühgeburt vermutlich noch schlimmer sein würde als bei einem gewöhnlichen Kind. Der Kontrast zwischen der Erwartung und dem, was ich tatsächlich sah, war so groß, dass ich im ersten Augenblick jenes Gefühl hatte, das man oft damit umschreibt, man glaube seinen Augen nicht. Als sich dieses Gefühl legte, stieg ein anderes, viel komplexeres Gefühl, bestehend aus der Schuld gegenüber diesem toten Kind und etwas Anderem, lange nicht mehr Empfundenem, aber unendlich Warmem, Rührendem und Zärtlichem, auf.«

Das ist der Wendepunkt in der Erzählung, plötzlich legt der Anblick des Säuglings verborgene, verdrängte Gefühle bloß. Sprache, Lexik, Stil des Protagonisten verändern sich. Er trägt das Kind behutsam, drückt es wie einen Schlafenden an seine Brust, bleibt immer wieder stehen, um das friedliche, sanfte Gesichtchen zu betrachten. Das Grab schaufelt er tiefer als nötig, legt es mit Kiefernzweigen aus und bettet den Säugling in die ewige Wiege.

Später, als der Arbeitstag zu Ende ist, beobachtet der Protagonist den Sonnenuntergang und denkt über den Sieg des Lebens über den Tod nach. Aus dem Schaufelstiel zimmert er ein Kreuz für das Grab des Kindes, wobei es sich nicht um ein religiöses Symbol handelt – das Kreuz ist »ein Symbol einer geometrischen Form, der jegliches Chaos fremd ist«. Es ist ein Symbol der Dankbarkeit an das tote Kind für die Wiederkehr des Protagonisten zum Leben an sich. Doch nach diesem kurzen Moment der Auferweckung kehrt das Lager mit seiner »Härte, Erbarmungslosigkeit, Kargheit der Gedanken und Gefühle« wieder.

Dieser Publikation folgte der französische Sammelband *Doubar et autres récits*, 1991 im Verlag Hachette-Progrès, sowie einige Erzählungen in russischsprachigen Zeitschriften in den USA. 1997 erschienen in Russland ein paar Erzählungen in der Zeitschrift »Nowyj Mir« und erst Anfang der Nullerjahre die Sammelbände *Der orangene Lampenschirm*, *Ein wundersamer Planet* und der unvollendete Roman *Vom Sonnenaufgang bis zur Dämmerung*.

Andere Schriftsteller habe ich für den Genossen Polikarpow nicht, aber ein anderer Polikarpow für die Schriftsteller lässt sich finden.

Josef Stalin
zum Sekretär des Schriftstellerverbandes der UdSSR,
D. A. Polikarpow, 1946

Die sowjetische und russische Literaturwissenschaft-lerin, Kritikerin, Historikerin und Aktivistin Marietta Tschudakowa schrieb in ihrem Nachwort zu Demidows Buch *Ein wundersamer Planet*: »Es gibt gerade mal vier Schriftsteller mit dieser Kraft, die sich dessen angenommen haben, was unsere Literatur völlig übergangen hat und was zu übergehen sie kein Recht hatte: Dombrowski, Solschenizyn, Schalamow und Demidow.« Übergangen wurde das Thema des Lagers, übergangen die Kraft der literarischen Darstellung des oft als nicht darstellbar Empfundenen, Erlebten, der Abgründe, in die niemand allzu tief blicken will, übergangen auch die Namen, von denen Demidow nur einer, ein einziger, ist.

Im Frühjahr 2018, von einem letzten Besuch in Sachalin zurückgekehrt, kam ich mit einer Frau im Moskauer Museum »Haus an der Uferstraße«, einer Dependance des Gulag-Museums, ins Gespräch. Sie erzählte mir, ihre Eltern seien Repressionen ausgesetzt gewesen, aber ihre Mutter habe nach der Freilassung aus dem Lager darauf beharrt, es sei nicht so schlimm gewesen, nur ein Versehen – kein Gefühl der Beleidigung, der Erniedrigung, kein Verlangen nach Gerechtigkeit. »Lange konnte ich selbst nicht begreifen, was am stalinistischen Regime so schlecht gewesen sein soll, erst jetzt sehe ich einige Dinge klarer«, sagte sie mir noch zum Schluss. Nichtsdestoweniger sind viele Russen auch heute davon überzeugt, dass Stalins Großmacht sicher und stark gewesen sei, dass der Krieg nur dank dem »Vater der Völker« gewonnen worden sei, dass es ein gutes Bildungssystem gegeben habe usw. Bei weitem nicht alle sind in der Lage zu verstehen, was diese Jahre der stalinistischen Diktatur für Millionen Sowjetbürger bedeuteten. Sie sind nicht nur ein Teil der Geschichte eines großen Landes, das nach wie vor die Folgen eines unmenschlichen Experiments zu verarbeiten versucht, sie bedeuteten auch eine beispiellose Vernichtung des eigenen Volkes, gebrochene Schicksale und die ständige unüberwindbare Angst um die Vergangenheit, Gegenwart und Zukunft.

Ich bitte, dass dies kein anderer ohne Erlaubnis
J. W. Stalins liest.

Zeile über dem letzten Brief Bucharins an Stalin, in dem er über die Idee der Säuberung spekuliert: »Es existiert irgendeine große und kühne politische Idee einer generellen Säuberung a) im Zusammenhang mit einer Vorkriegszeit, b) im Zusammenhang mit dem Übergang zur Demokratie.«
10. Dezember 1937

Die Erzählung *Fone Kwas* wurde 1964 geschrieben und 2009 erstmals veröffentlicht. Die Erzählung beschreibt schrittweise eine der vielen Verhaftungen im Jahr 1937 auf dem Höhepunkt des stalinschen Terrors: das nächtliche Eintreffen der Beamten des NKWD, die Durchsuchung der Wohnung des Protagonisten, des Ingenieurs Belokrinitskij, das Gefängnis, das Verhör und den Minutenprozess. Hunderttausende von Menschen wurden auf die gleiche Weise verhaftet wie Demidows Held, schmachteten in überfüllten Zellen, wurden beim Verhör gefoltert und in Kellern erschossen. Die Geschichte veranschaulicht die Anatomie der Absurdität solcher Verhaftungen, bei denen der Verdächtige selbst die Ermittlungen mit geeignetem Material gegen sich selbst versorgen muss, versuchen muss, die Verhaftung seiner Familie und Freunde zu vermeiden und auch der Todesstrafe zu entgehen, obwohl er völlig unschuldig ist. Der Höhepunkt dieser Absurdität zeigt sich in der Geschichte eines der Protagonisten, Armen Chatschaturow, einem alten Doktor, der gezwungen wurde, zu gestehen, dass er der Organisator einer konterrevolutionären armenisch-nationalistischen Gruppe gewesen war. Der Ermittler zwingt den Angeklagten, das Programm dieser ihm selbst unbekannten Sabotageorganisation zu schreiben und ihre Verbrechen zu bezeichnen. In seiner Verzweiflung bittet der Doktor seine Zellengenossen um Hilfe, und einer von ihnen verfasst gegen eine Ration Brot die notwendige Aussage, die den Angeklagten zwangsläufig mit der Todesstrafe belegt. Doch Chatschaturow ist froh, dass seine Folter ein Ende haben wird und er vor seiner Verurteilung wenigstens noch schlafen kann.

Die Polyphonie des Textes wird zu einer der strukturellen Einheiten der Geschichte. Der Erzähler versucht zusammmen mit den anderen Gefangenen, die Gründe für das Geschehen zu verstehen, die logische Erklärung für diese sinnlose Verhöhnung der völlig Unschuldigen zu finden und einen Weg zu suchen, lebend aus der Haft zu entkommen. Diese Vielstimmigkeit durchbricht eine detaillierte, etwas distanzierte, fast wissenschaftliche Studie über die Zerstörung des Menschen durch eine Staatsmaschine. Die kalte, trockene, enzyklopädisch anmutende Beschreibung der Folter, die Zusammenfassung der Gefängnisregeln, die historischen Bezüge und Parteireden, die Registrierung der Haftbedingungen, die ironische und doch mitfühlende Beschreibung der Erlebnisse der Protagonisten sind durchsetzt mit den lebhaften emotionalen Äußerungen der Gefangenen selbst. Dadurch erinnert die Prosa an die von Andrej Platonow: Sie verbindet Zeitungsparolen, Fachbegriffe, christliche Bilder, Neologismen und kafkaeske Absurdität.

In fast allen Werken Demidows folgt auf eine langwierige Ausbreitung der Umstände des Falles, der Einzelheiten des Gefängnisalltags, der Umstände des täglichen Lebens, die auf der endlosen Wiederholung festgelegter Rituale fußen, eine rasche Auflösung. Die Zeit ist in diesem gedrängten Raum ungleichmäßig, sie windet sich langsam wie eine Feder unter Druck, um dann im Finale ihre Last urplötzlich abzuwerfen. *Fone Kwas* ist da keine Ausnahme. Die Zeit spielt hier eine besondere Rolle. Sie überlagert sich und erzeugt einen mehrdimensionalen Effekt, einen Schleier aus historischer und kalendarischer Zeit, der Zeit, in der der Erzähler und der Protagonist existieren. Dieser distanzierte Bericht, der die Funktionsweise der Unterdrückungsmaschine gewissenhaft aufzeichnet, wird gelegentlich durch Vermutungen, Ausrufe und Fragen des Protagonisten, der anderen Gefangenen und des Erzählers selbst unterbrochen. Es ist, als ob in diesem Fluss der absurden Realität die abgestumpfte Fähigkeit zu denken plötzlich akut wird. »Die erste Verblüffung war bereits verflogen, Belokrinitskij bemerkte nun sogar die Details des Verhaltens derer, die gewohnheitsmäßig in den Sachen anderer Leute herumstöbern. Hier zum Beispiel, als sein Chef es nicht sieht, wirft der zweite NKWD-Mann die Bücher auf den Boden, ohne sie überhaupt zu schütteln.«

Der Autor hebt diese Stimmen vom allgemeinen Ablauf ab, indem er die Zeit wechselt – der gesamte Strom der Ereignisse fließt in der Vergangenheit, während die Reaktionen der Figuren in der Gegenwart stattfinden. Diese beiden Zeitebenen treten in einen Dialog miteinander, durchbrechen die lineare Erzählung und erzeugen eine zusätzliche Verneblung, in der sich das Bewusstsein gerade noch an die Fähigkeit zur Analyse und zum Widerstand klammern kann. Wie in einem Film vergrößert der Autor ein Detail, macht es schärfer oder richtet die Kamera auf den Sprecher.

In diesem Text, wie auch in den anderen, zieht der Autor keine Schlussfolgerungen, gibt keine Hoffnung auf Rettung, aber er nimmt sie auch nicht weg. Er zeichnet einfach den Prozess auf, mit der Akribie eines Forschers, der die sinnlose und brutale Vernichtung eines Menschen, der nur deshalb schuldig war, weil er unter Stalins Herrschaft lebte, sorgfältig beschreibt. Im Vorwort des Buches *Der orangene Lampenschirm*, in dem »Drei Erzählungen über das Siebenunddreißigste«, Hochjahr des Großen Terrors, versammelt sind, darunter *Fone Kwas*, sagt Demidow, dass diejenigen, die die Schuld an diesen Verbrechen tragen, dem Urteil ihrer Zeitgenossen entgangen sind: »Bis heute tragen sie ungehindert die Orden, Ränge und Titel, die sie für ihren Eifer bei der Bekämpfung ihrer selbst erfundenen Staatsverschwörungen erhalten haben. Der sorgfältige Schatten, der über die Taten der NKWD-Henker, der ungerechten Richter und Staatsanwälte, der halbprofessionellen Denunzianten, die aus der politischen Verleumdung eine glänzende Karriere gemacht haben, geworfen wurde, schützt sie vor der öffentlichen Verurteilung.«

Heute regieren die Nachfahren der Henker das Land, und die Grundsätze des Strafsystems im heutigen Russland unterscheiden sich nicht wesentlich von denen der Sowjetunion – Verhaftungen aus weit hergeholten Gründen, nächtliche Durchsuchungen, überfüllte und stickige Haftzellen, Folter, unfaire Verfahren ohne das Widerspiel von Anklage und Verteidigung und Verurteilungen ohne Rücksicht auf die Unschuld des Verurteilten. Die Aufarbeitung der Vergangenheit ist derzeit unmöglich in diesem Land. Die unreflektierte historische Erfahrung hat sich als weitaus gefährlicher erwiesen, als wir uns vorstellen konnten.

2018/23. Teile der Fassung von 2018 wurden von Maria Rajer übersetzt.

Ein altes Blatt, ein Film noir

von Thomas Martin

Vor etwas mehr als zehn Jahren erhielt ich von einem
Theaterverlag die Anfrage, ob ich Warlam Schalamows
Stück *Anna Iwanowna* für eine Inszenierung an der Volksbühne in Berlin einrichten könne. Ich kannte das Manuskript, hatte aber nie in Betracht gezogen, dass es für die
Bühne relevant sein könnte. Jahre danach, im November
2016, stellte ich auf einem Festival in Moskau die Arbeit
der Volksbühne vor und traf auf eine Frau aus Sachalin,
mit der ich über Vorlieben an dramatischer Literatur
sprach. Wir hatten gleiche. Ich blieb mit der Frau, die vor
kurzem erst nach Moskau umgezogen war, in Kontakt.
Ich hatte ihr von *Anna Iwanowna* erzählt und das Stück
lag wieder vor mir. Auf dem Titelblatt stand etwas, das
ich übersehen hatte, eine Widmung, kaum zu entziffern
auf der verblichnen Thermokopie, die offensichtlich auch
überklebt worden war. Als ob jemand, unschlüssig, ob etwas zu zeigen, zu verbergen wäre, Hand angelegt hatte.
»Dem Andenken G. G. Demidows gewidmet« stand dort.
Ich fand niemandem, auf den das passen könnte. Ich
schrieb der Frau aus Sachalin, die »G. G.« identifizierte

und herausfand, dass Georgi Georgijewitsch Demidow mit Warlam Tichonowitsch Schalamow eine Zeit am Kältepol der Lager, am Fluss Kolyma im nordöstlichen Sibirien, gelebt – überlebt hatte. Schalamow war mit Typhus, Demidow unterernährt auf die Krankenstation gekommen. Der eine wurde Arzthelfer, der andere hielt als Ingenieur diverse Apparaturen in Gang. Schalamow, gewesener Journalist aus Moskau, hatte eine Erzählung publiziert, Gedichte geschrieben, und er lag jetzt, 1946, im Sterben. Demidow, gewesener Forscher am Physikalischen Institut in Charkiw, denunziert und 1938 zu fünf Jahren Zwangsarbeit verurteilt, lag zur selben Zeit am selben Ort wie Schalamow in seinen letzten Zügen. Junge Männer, steinalt, Ende dreißig. Beide auf dem Vorsatz eines Bühnenmanuskripts notiert, Eröffnung eines Dramas neben dem Drama. Dass Schalamow die Widmung strich, kann mehr als einen Grund haben: im Dissens über die Darstellung der Lagerexistenz, über die Art, wie der Autor die Publikation nutzt und wie sie ihm nützt, Zweifel dazu. Und Schalamow war, als er seine Widmung setzte, davon ausgegangen, dass Demidows Knochen längst die Straßen der Kolyma pflasterten.

Demidow und Schalamow, der Freiheit und der Möglichkeit beraubt, ihre Kreativität in Kunst oder Wissenschaft umzusetzen, verdanken ihr Überleben den Zufällen, dem Kopf und, vor allem, einer Frau. Nina Sawojewa, als »Schwarze Mama« Protagonistin einer Erzählung Schalamows, war Ärztin im Lagerkrankenhaus. Sie schrieb, nebenbei, auch. Schalamow übernahm ihre Charakterzüge für die Figur der Anna Iwanowna, Rodina, »Heimat«, mit Nachnamen. Ihr Mann, Boris Lesnjak, Krankenpfleger, später Arzt, schrieb, und Jewgenija Ginsburg war ebenfalls hier und schrieb auch, sie konnte von allen als Erste publizieren. Das ist nur eine Handvoll Namen, es gibt Zahlen, die sagen, es gebe um die zweitausend mehr. Manche, von denen hier die Rede ist, waren noch am Leben, als in der Perestroika ihre Texte, ihre Akten aus den Archiven kamen, und manche erreichten die Jahrtausendschwelle. Ihre Literatur, entstanden aus Erfahrungsdruck, so wichtig wie ihre Zeugenschaft, ist vorhanden, teilweise gedruckt, schwierig zu erwerben und nicht übersetzt. Krumen, verglichen mit der Zahl an Menschen und Mengen an Material, die in den Lagern vernichtet worden sind.

Der Terror ist die Willkür, das Maß der Folter ist die Zeit, die Hölle sind die anderen und sie sind schuld – die massenhaft zu habende Erkenntnis bündelt, was das sowjetische Jahrhundert auf der dunklen Seite kennzeichnet: ein Amalgam aus Absurdität und Brutalität. Es gilt aufs Neue für das postsowjetische. Die Willkür der Planziffern zu liquidierender Volksfeinde nach ethnischer, sozialer, politischer, sonst welcher Zugehörigkeit im Großen Terror 1936 bis 1938, die Willkür der Anschuldigungen und erfolterten Bekenntnisse, das absurde Drama der »Prozesse«, der Bedrohung, Vernichtung, der permanent entfachte Ausnahmezustand, der die Staatsparanoia erzeugt, das alles fasst Demidow auf somnambul klare Weise wie vor ihm in weiter westlichen Strukturen nur Kafka. In den Gesprächen Brechts mit Benjamin im Exil in Svendborg 1934/38 sind Kafka und Stalin das zentrale Thema. Jahre zuvor hatte Brecht, wie Benjamin ihn wiedergibt, Kafka als einzig echten bolschewistischen Autor bezeichnet. »Der dauernden visionären Gegenwart der entstellten Dinge erwidert der untröstliche Ernst, die Verzweiflung im Blick des Schriftstellers selbst«, begründet Brecht seine Sicht. Kafka hätte Formen der Entfremdung – »wie das Verfahren der GPU« – vorhergesehen. Benjamin zitiert Brecht mehrfach mit Bemerkungen zur Präzision Kafkas, die »die eines Ungenauen, Träumenden« sei. Und das trifft auf den Autor Demidow wie auf den Helden Rafail Lwowitsch Belokrinitskij zu. Sie fallen in das Räderwerk von Stalins Terror, Zacken eines Zahnrads aus dem surrealen Getriebe der Macht. Sie fallen nicht, sie schweben in Erwartung eines Falls, vielleicht ein Höllensturz, dem die Treppe im NKWD-Bau das Bild gibt. »Es wäre eine gewöhnliche Treppe wie in jedem Haus guter Bauart gewesen, wären da nicht die Seilnetze, die ihre Treppenaugen überspannten.« Die Netze, die von Filz bedeckten Treppenpfosten, die die Häftlinge, die grundsätzlich schuldig sind, am Freitod hindern, Struktur eines Gedankengebäudes, dessen Träger unterm Druck der Ungewissheit bersten. Aber egal wie die Umstände sind, der »Fall« wird eins bringen: ein Ende. – »Er wollte, dass es bald vorbei ist.« – Dass es nie vorbei ist, wissen historische Materialisten, zu denen der Fone Kwas nicht gehört. Und selbst sie, Bucharin, Sinowjew, Kamenew, die Strategen der Kommunistischen Partei, konnten unter der Irrationalität der Folter und Rationalität einer kollektiven Idee, ohne Hoffnung nicht zugrunde gehn.

»Auf einem Knie, das Gesicht in die zu einem Boot gefalteten Handflächen gepresst und zwischen die Körper der Menschen auf dem Boden geklemmt, glich der Mann einer Spitzmaus, die auf der Erde erstarrt war, die sich für sie als unbezwingbar erwiesen hatte.« Die Geste des im Schlaf vergeblich die Realität Fliehenden ruft die Szene auf, die wir aus dem gefrorenen Blick von Josef K. kennen, der »vor seinem Gesicht die Herren Wange an Wange aneinandergelehnt die Entscheidung« beobachten sah oder den seinen »Mund an die Schulter des Schutzmannes gedrückt« haltenden Schmar im *Brudermord* oder die nur im Sturz zu erlösende *Brücke*, die der Namenlose über dem Abgrund der Geschichte bildet, bis einer von Millionen, die über sie treten, sie bricht. Die Wangen, die Schulter, die Sohlen, sie sind die Entscheidungen; bei Demidow die Dimension der Gliedmaßen, die Bürde der Verdauung, Not des Hungers, Körper ohne Atem auf so engem Raum, dass die Zelle zur Gaskammer zu werden droht, ein die Lungen sprengendes System von dem nichts bleibt als Gestank.

Das Staunen bei Kafka kommt aus der sich dunkel ankündigenden Verschiebung der Verhältnisse, die nicht zu überschauen noch zu begreifen ist. Klar ist nur, der Einzelne wird keine Hoffnung haben, das Individuum im Massemenschen wie ein Fußabdruck im Sand aufgehen. Demidow zeigt das Staunen als Erschöpfung angesichts derselben Fassungslosigkeit. Das sowjetische Experiment, das zur Zeit von Kafkas Texten begann, erwischt das Subjekt der Geschichte aus der Perspektive eines »Mannes, der unter die Räder gekommen ist«. Demidows inspektive Prosa belegt die prophetische Kafkas. Die von

Benjamin angemerkte Kafka-immanente Ironie, dass der Versicherungsbeamte von nichts überzeugter als von der Hinfälligkeit sämtlicher Existenzgarantien ist, lässt sich auf Demidow (alias Ingenieur Belokrinitskij) übertragen, der von nichts überzeugter ist als von der Fehlbarkeit aller Gesetzmäßigkeiten; die Überzeugung allerdings kommt spät, im letzten Moment.

Fone Kwas, 1964 am Ende der Tauwetterperiode geschrieben, setzt mit dem Tauwetter im Vorfrühling ein. Es ist der Frühling der Großen Säuberung. Wir können *Fone Kwas* als Vor-Lager-Literatur lesen, die Lagerliteratur setzt dort ein, wohin der Held nicht gelangt. Der Horizont des Gulag, des unergründlichen Systems der Höllenkreise, steht ihm in seinem Kreis im »inneren Gefängnis« als Utopie, blind vor Hoffnung, vor Augen. Die Konstellation ist unerbittlich, sie verschweißt das Innere des Delinquenten mit dem Äußeren der Zelle zur unentrinnbaren Einheit. Die Zelle denkt für ihn, Körper, Geist, Gefängnis verwachsen zur Monade. Sie nimmt dem dialektischen Gedankengut, auf das sich Hegel, Marx und noch Lenin beriefen, den Sauerstoff. Es ist kein Zynismus, dass die Sehnsucht des mit 22 anderen auf eine Handvoll Quadratmetern gepferchten Häftlings sich auf einen Ort richtet, der neben *KZ* und *Auschwitz* zu den dunkelsten Synonymen der Neuzeit gehört. »Für sie, die in den überfüllten Zellen des Inneren schmachteten, schienen die Arbeitslager das Gelobte Land zu sein. Das Leben in den Baracken erschien ihnen wie Glückseligkeit.«

Wer tief genug gesunken ist, um zum Stehen zu kommen, kann den Ausweg nur in der Vertikalen sehen. Die

Leiter – Treppe –, die nach draußen führt, ist in totalitä-
ren Systemen von Becketts Art – zu kurz, um aus einem
Trichter aus Gummi, gefüllt mit Menschen, herauszu-
führen, ewige Bleibe, ein Hohlraum der Zeit. Becketts
Trichter ist der metaphysische Kegel der Szenerie, in der
die Zentrifuge der Macht das Humane ausschleudert.
Was bei Kafka noch Parabel ist, bei Beckett existentia-
listisches Labor, ist bei Demidow lineare Erzählung, die
nur im Gebrauch der Tempi anzeigt, dass »die Realität
anders als die Wirklichkeit« ist. Die Gegenwart, falls es
sie, schwer vorstellbar unter den Qualen, tatsächlich gibt,
erscheint als Gebrauchsanweisung, Regelwerk, das nicht
zum Überleben, nur zum Geständnis verhilft. Existenz
ist gleichbedeutend mit Schuld. Dialektik war hier nie
gefragt, nur Religion im Uniformmantel der Ideologie.
Ärgernis muss kommen, sagt die Bibel, aber wehe dem,
durch den es kommt. Die Machtfrage ist ohne die Frage
nach der Schuld nicht haltbar.

Demidows Textur scheint kunstlos gewebt, die Sprache technisch korrekt, wie es die Sprache des Ingenieurs
im Dialog mit der Macht ist. Dass das Gespräch statt
Dialog nur Monolog sein kann, ist als Überlegung nicht
vorgesehen und setzt als solche nicht ein. Der Strom des
gebrochenen Bewusstseins des Verleumdeten-Verhafte-
ten-Erniedrigten-Verurteilten reißt uns über alle Kata-
rakte mit und lässt uns doch die Chance, zu verstehen,
dass, egal in welcher Zeit und Gesellschaft wir welche
Art von Verantwortung tragen, nie sicher sein sollten, sie
selbstverständlich immer auch wahrnehmen zu können.

Dass für dieses Buch, mit dem erstmals ein Text Demidows auf Deutsch zu haben ist, eine Begegnung in Moskau und eine widerrufene Widmung den Anfang machten, liest sich fast zeichenhaft aus der heutigen Sicht. Widmung, Geschenk, Versprechen lassen sich revidieren, aber nicht auslöschen; sie bleiben wie Narben, die nach Wunden suchen. Der Krieg, der im Osten Europas nicht nur die Ukraine verwüstet, hat seine Ursache in derselben Geschichte, in der auch Demidows Erzählung über »das Jahr 37« – Synonym für die Million Ermordeter – ihre Ursache hat. Wir lesen nicht nur die Autoren der Lager-Literatur anders, inzwischen steht jede russische Literatur »auf dem Prüfstand«, wie ein Gemeinplatz besagt. Dass auch die Verfolgten, aus den Bibliotheken und dem Gedächtnis gelöschten Autoren zu den »imperialen« Puschkin, Dostojewski, Tolstoi ... gezählt werden, ist ein Treppenwitz der Geschichte. Der nachgezogene, der Treppenwitz gibt auch die bittere Note des *Fone Kwas*. Die Treppe ist eine wesentliche Einrichtung im Bau der Erzählung. Sie führt, mit den Worten eines Lesers, ins Licht der Erkenntnis: Es beginnt wie ein Film noir und dann wird es wirklich schwarz.

Von und über Georgi Demidow

Georgi Demidow, *Ein wundersamer Planet,* Verlag Vozvra-
schenie (Wiederkehr), Moskau, 2008

Georgi Demidow, *Der orangene Lampenschirm,* ebenda, 2009

Georgi Demidow, *Liebe hinter Stacheldraht,* ebd., 2010

Georgi Demidow, *Vom Sonnenaufgang bis zur Dämmerung,* ebd.,
2014

Georgi Demidow, *Ein wundersamer Planet: Geschichte.* Gesam-
melte Werke in 6 Bänden. Band 1, Verlag Ivan Limbakh,
St. Petersburg, 2021

Georgi Demidow, *Der orangene Lampenschirm: drei Erzählungen
über das siebenunddreißigste.* Band 2, ebd., 2022

Georgi Demidow, *Liebe hinter Stacheldraht: Erzählungen und
Geschichten.* Band 3, ebd., 2022

Georgi Demidow, *Vom Sonnenaufgang bis zur Dämmerung.
Roman. Das erste Buch.* Band 4, ebd., 2022

Georgi Demidow, *Vom Sonnenaufgang bis zur Dämmerung.
Roman. Das zweite Buch.* Band 5, ebd., 2023

Georgi Demidow, *Korrespondenz mit Warlam Schalamow.
Briefe an Frau und Tochter. Artikel und Rezensionen.* Band 6,
ebd., 2023

Elena Jakowitsch, »Demidow und Schalamow. Das Leben des
Georgi vor dem Hintergrund des Warlam«, in: Literatur-
naja gazeta, 11. April 1990, Nr. 15 (5289)

Walentina Demidowa, »Über den Vater«, in: *Wiederkehr*, Anthologie; Verlag Sowetskij pisatel (Der sowjetische Schriftsteller), Moskau, 1991

»Demidow und Schalamow. Das Leben des Georgi vor dem Hintergrund des Warlam«, Materialien für die gleichnamige Konferenz. Moskau, 4.–6. März 2016. Verlag Vozvrashcheniye, Moskau, 2016

Ekaterina Luschnikowa, »In Stalins Auschwitz«, Radio Liberty, 19. März 2016, abrufbar: www.svoboda.org/amp/27621076.html

Dmitri Bykow, »Porträtgalerie: Georgi Demidow«, in: Dilettant, Nr. 12, Dezember 2016

Inhalt

Die Arbeit an der Übersetzung dieses Buches wurde
freundlicherweise von der S. Fischer Stiftung gefördert.

4. Auflage 2024

Titel der Originalausgabe: Фонэ квас
© Valentina Demidova
All rights reserved
Aus dem Russischen von Irina Rastorgueva und Thomas Martin
Für die deutschen Rechte: Verlag Galiani Berlin
© 2023, Verlag Kiepenheuer & Witsch, Köln
Alle Rechte vorbehalten
Die Nutzung unserer Werke für Text- und Data-Mining im
Sinne von § 44b UrhG behalten wir uns explizit vor.
Das Foto auf S. 165 zeigt Georgi Demidow bei der Arbeit am
Manuskript, Kaluga, 1970er Jahre.
Covergestaltung: Lisa Neuhalfen
Coverillustration: © Lisa Neuhalfen
Lektorat: Wolfgang Hörner
Gesetzt aus der Alegreya, entworfen von Juan Pablo del Peral
Satz: Buch-Werkstatt GmbH, Bad Aibling
Druck und Bindung: GGP Media GmbH, Pößneck

ISBN 978-3-86971-288-8

Weitere Informationen zu unserem Programm
finden Sie unter www.galiani.de

»Die vielleicht schärfste aller Sowjetsatiren,
endlich in den gebührenden Rang erhoben.«

Ronald Pohl, Der Standard

176 Seiten, 16,99 €

»Diese neue Übersetzung ist viel besser! Ich fand die
Dialoge viel lustiger, wirklich sehr witzig.«
Elke Heidenreich

»Ich bin vom Stuhl gefallen.« *Rüdiger Safranski*

www.galiani.de

Ein Meisterwerk des radikalen Modernismus in neuem Gewand

544 Seiten, 30 €

Ein großer Roman über den ukrainischen Bürgerkrieg und die Wirren der russischen Revolution – Bulgakows erster Roman zum Neu- und Andersentdecken.

»So aufregend geschrieben, dass man sich wünscht, während des Lesens keinen Hunger, keinen Durst und überhaupt kein Leben mehr zu haben.« *Anna Prizkau, FAS*

www.galiani.de